도대체, 사랑이란 무엇인가

도대체, 사랑이란 무엇인가

아주 흔하지만 결코 한손에 잡히지 않는 사랑에 대한 전방위적 관찰

도대체,
사랑이란
무엇인가
이 종 철 지음
學古房

사랑이 꽃피는 세상을 꿈꾸며

바야흐로 격랑의 시대다. 새천년이 시작되고 이제 한세대 정도가 지나가는 지금, 인공지능과 로봇을 위시한 최첨단의 과학 문명을 얘기하고 있고, 전지구가 한마당인 세계화 시대를 부르짖고 있다. 하지만 그런 허울 좋은 이름의 껍질을 한 꺼풀만 벗겨내면, 폭력과 야만이 고스란히 드러나는 난세 중의 난세다. 세계 곳곳에서 전쟁이 끊이지 않고 있고, 전세계를 강타한 경제위기, 고물가로 신음하고 있다. 기후 위기로 인한 재해는 해마다 수많은 이들을 희생시키고 있고, 여전히 많은 이들이 기아와 질병으로 허덕이고 있다. 상황이 이런데도 여전히 사람들은 이념과 종교의 차이, 극도의 이기주의로 인해 서로 분열되어 치고 받고 싸우고 있다. 증오와 분노, 미움과 갈등의 사회다.

이런 난세를 헤쳐나가기 위해서 필요한 것은 과연 무엇일까. 가장 강력한 것은 역시 사랑이 아닐까. 다시 사랑이 꽃피는 사회, 사랑이 가득한 세상을 만들 수 있다면 지금보다 훨씬 나은 세상을 만들 수 있지 않을까.

마침 세상은 사랑을 갈구하고 있다. 젊은 청춘들이 사랑하기 어려운 시대다. 결혼과 연애를 포기한 세대라는 말이 신조어처럼 나돌고 있고, 만혼, 초저출산 사회가 된 지 오래다. 심각성을 깨닫고 정부가 나서고 있는 실정이니 참 쉽지 않은 문제다. 또 다른 한편에서는 온갖 외설과 대책 없는 성적 일탈, 불륜 등이 아무렇지 않게 소비되고 있다. 아무리 성인지감수성의 중요성을 외치고 이중 삼중으로 대책을 마련해도 성비위 사건은 끊이지 않고 있다. 각종 매체에서는 소위 자극적이고 원초적인 짝짓기 프로그램들이 성행하고 있다. 이러한 현상에 대해서는 사회적, 심리적, 생리적인 관점에서 다각적으로 분석할 수 있을 것이다. 본고의 관심은 그것에 있지 않다.

나 또한 젊은 시절, 이 사랑이라는 평범하면서도 복잡미묘한 개념에 대해 꽤 오래, 또 진지하게 고민한 적이 있다. 도대체 사랑이란 무엇인가. 하는 문제는 내 젊은 날 나를 사로잡았던 화두였다. 비단 나 뿐만이 아닐 것이다. 예전에도, 또 지금도 수많은 이들이 이 문제를 두고 씨름을 하고 있을 것이다. 세상이 다 내 것 같고, 우리를 위해 존재하는 것만 같은 기쁨과 설레임, 반대로 아무것도 할 수 없고 그대로 사라져버리고 싶은 극도의 절망과 고통에 빠져 허우적거리던 날들, 나는 사랑을 갈구하면서도 원망했다.

젊은 시절부터 사상가 에릭 프롬을 좋아했다. 그의 저서들은 내 젊은 날의 여러 고민들에 대해 많은 조언을 건넸다고 할까. 사랑이란 도대체 무엇일까를 두고 고민하던 시절, 에릭 프롬의 〈사랑의 기술〉은 가뭄 속 단비처럼 많은 도움을 주었다. 샤프한 철학자 롤랑 바르트의 〈사랑의 단상〉 또한 적지 않은 참고가 되었다.

자, 이런 명저들은 시공을 넘어 계속 읽히며 고전의 자리를 지킬 것이다. 하지만 한편으로 생각해보면 나온 지 이미 한두 세대가 흘렀고, 이 땅이 아닌 서구에서 기술된 책들이다. 그렇다면 나는 오늘날 여기서 우리의 말과 글로 사랑에 대해 이야기해보고자 한다. 이제 사랑을 시작할 나의 학생들과 내 아이들을 위해서, 그리고 사랑에 상처받고 힘들어하는 많은 이들을 위해 힘껏 한번 써보고자 했다. 조그만 참고와 위로가 된다면 저자로서 무한한 기쁨과 영광이 될 것이다.

2026년 봄
이종철

차례

1부

사랑에 관한 몇 가지 고찰

1.   사랑의 찬가

우리 위의 푸른 하늘이 무너져 내린대도

그리고 땅이 허물어져버린 대도

난 상관없어요, 그대가 나를 사랑한다면

나는 온 세상도 무시하겠어요

아침마다 사랑이 넘칠테고

당신의 손길을 따라 나는 전율을 느낄테니까요

- 에디트 피아프 <사랑의 찬가>

자, 널리 알려져 있듯이 이 노래는 프랑스의 국민가수 에디트 피아프가 1950년에 부른 상송이다. 사랑하는 이를 비행기 사고로 잃은 그녀가 절절한 마음을 담아 부른 곡으로, 직접 작사하고 작곡했다. 사랑을 노래한 숱한 노래 중에서도 그 영원불멸을 지향하는 마음을 담은 곡으로 단연 유명한 곡이다. 언제 들어도 짙은 감동을 주며, 사랑이란 무엇인가에 대해 다시 생각하게 해주는 곡이다. 그녀의 일대기를 다룬 영화 〈라비앙 로즈〉도 매우 인상적이었는데, 영화 속에 당연히 이 곡 〈사랑의 찬가〉가 울려퍼진다.

이 노래에 대한 깊은 인상이 또 하나 있다. 지난 2024년 파리 올림픽 개막식에서 세계적인 가수 셀린 디온이 이 노래 〈사랑의 찬가〉를 부르며 전세계 사람들에게 깊은 감동을 선사했던 장면이다. 희귀병으로 투병중이라는 그녀는 혼신의 힘을 다해 이 노래를 불렀고, 이 노래 특유의 선율과 강한 호소력은 셀린 디온의 인생과 오버랩 되면서 더 큰 감동을 전해주었다.

아무리 세상이 변하고 계산기를 두드리는 가벼운 관계들이 횡행한다고 해도, 사랑이란 이런 것이다. 내 모든 것을 걸수 있고 다른 모든 것을 압도하고 초월할 수 있는 엄청남 감정, 그것이 바로 사랑인 것이다. 거기에 다른 무슨 불순물을 더할 것인가.

2.　　그래도 세상이 이나마 밝은 건
　　　첫째도, 둘째도 사랑

어쩌면 사랑은 안식처

폭풍이 닥칠 때의 보호소 같은 곳

사랑이란 존재는 편안함을 주고

따뜻하게 해주지

시련이 올 때

너무나 외로울 때

사랑의 추억은 편안하게 해주지

- 플라시도 도밍고, 존덴버 <퍼햅스 러브>

　글자 그대로 탁류 같은 세월이고 난세 중의 난세이다. 세계 곳곳에서는 여전히 전쟁이 계속되고 있고, 겪어보지 못한 이상기후로 몸살을 앓고 있으며, 이러 저런 다양한 재난이 끊이지 않아 수많은 이들이 고통 속에서 아우성을 치고 있다. 눈뜨고는 볼 수 없는 참혹한 현장, 인간의 존엄과 인권은 존중되지 못하고 있는 여러 상황, 기아와 질병에 고통받는 사람들, 감당할수 없는 자연 재해 앞에서 한없이 무기력한 사람들, 이처럼 우리를 괴롭고 슬프게 하는 것들은 끝없이 열거될 수 있을 것이다.

그래도, 우리를 힘들게 하는 많은 것들 사이에서도 우리의 삶이 희망과 긍정으로 반짝일 수 있게 하는 것은, 가끔은 찬란하게 빛이 나게 하는 것은 아마도 사랑이 있어서가 아닐까. 그러니 우리는 언제 어디서라도 사랑을 포기하면 안된다. 사랑으로 긍정과 희망, 기쁨과 즐거움을 만들어가야 하는 것이다.

물론 여기서 말하는 사랑은 남녀간의 사랑에 국한되는 것이 아니다. 가족에 대한 사랑, 친구에 대한 사랑, 나아가 전 인류애와 살아있는 모든 것, 이 세상에 존재하는 모든 것들에 대한 사랑을 다 포함하는 것이다. 누군가 좌절과 절망의 늪에서 허우적 거릴 때 내미는 따뜻한 사랑의 손길은 그를 일어나게 할 것이고, 따뜻한 말 한마디는 그의 마음을 환하게 밝힐 수 있을 것이다.
그래서 세상은 아직 살만하다는 말이 여기저기서 나와
야 한다.

3.   사랑은 평생 추구해야 할 테마

내가 머물러야 한다면

너의 발목만을 잡을 뿐

그러니 떠나겠지만, 난 알고 있어

한 걸음 한 걸음 당신이 생각날 거란 걸

그리고 영원히 당신을 사랑할거야

영원히 사랑할거야

- 휘트니 휴스턴 <I Will Always Love You>

10대, 20대 젊은 시절엔 사랑이 세상이 전부처럼 느껴지다가, 40, 50이 넘으면 다 까마득하게 여겨지고, 그까짓게 뭐 대수냐, 사랑이 밥먹여주냐고 생각할 수 있다. 한술 더 떠 살아 보니 별거 없더라, 괜히 유난떨지 마라 라는 식으로 시니컬하게 얘기할 수도 있을 것이다. 아마 많은 이들이 한편으로는 그렇게 생각할지 모르겠다. 그런 말에도 충분히 공감이 간다.

하지만 우리 삶에서 사랑이 차지하는 비율이 과연 그리 간단할까, 지나간 먼 옛일이라고 간단히 치부할 수 있을까. 그렇게 생각하는 이가 있다면 그건 사랑에 대해 잘 모르는 것이라고 할수 있다. 사랑은 젊어 잠깐 탐닉하고 마는 간단한 테마가 결코 아니다. 그것은 평생 추구해야 할, 아니 영원히 중단되지 않는 우리 인류의 가장 중요한 테마요 가치라고 단정해서 말할 수 있다.

저 숱한 예술의 영원한 영감이요 원천이 바로 사랑이고, 태어나면서 죽을 때까지 누구나 갈망하는 것이 사랑이다. 또한 죽음이 갈라놓는다 해도 잊지 못하고 이어지는 감정이 또한 사랑인 것이다. 사랑을 노래한 저 숱한 노래와 문학 작품과 미술과 영화들을 보라. 일반적인 수준를 뛰어넘어 영원불멸의 사랑을 노래하고 또 노래한다.

그러니 사랑이야말로 죽을 때까지, 아니 영원히 추

구해볼 만한 가치가 있는 것이고, 계속해서 탐구하고
파헤쳐볼 만한 그 어떤 것이다.

4. 사랑에 슬퍼하고
아파하는 이들에게

사랑은 어찌 이리 아픈 것인가.

사랑이 무어냐고 물으신다면
눈물의 씨앗이라고 말하겠어요

- 나훈아 <사랑은 눈물의 씨앗>

7, 8년 전 일이다. 내 강의를 수강하던 한 남학생이 수업이 끝난 후 실연의 괴로움을 호소하며 상담과 조언을 청했던 적이 있다. 20대 후반의 건장한 학생이었는데 사연을 들어보니 제대로 생활을 하지 못할 만큼 극심한 고통을 느끼고 있었다. 안타까움과 연민이 느껴졌다. 젊은 날의 내 모습이 떠오르기도 했다. 나는 일단 섣부른 조언보다는 학생의 사연과 아픔을 최대한 들어주고 공

감해주기로 했다. 머뭇거리며 이야기를 이어가던 학생은 어느 대목에선가는 잠깐 눈물을 보이기도 했다. 아, 청춘의 눈물, 실연의 아픔, 듣는 나도 마음이 아팠다. 시간이 흘러 학기가 끝난 후 한번 더 그 학생과 이야기를 나누었다. 그때는 많이 안정을 찾은 상태였고, 지난 시간을 조금은 더 객관화시켜 말할 수 있는 여유도 찾은 것 같아 마음이 좀 놓였던 기억이 난다. 지금은 삼십대 중반을 훌쩍 넘었을 나이인데 분명 좋은 인연 만나 행복하게 살고 있을 거라 믿는다. 그러길 바란다.

교실에서 가끔 이런저런 개인적인 경험담을 들려줄 때가 있다. 그중 과거의 연애 경험담은 학생들의 주의를 끌기 좋기에 학생들이 지루해하는 시간에 가끔 들려주곤 한다. 학생들은 귀를 쫑긋 세워 재밌어 하고 박장대소를 하기도 하고, 말하는 나는 약간의 미화, 또 약간의 각색을 덧붙이기도 한다. 자, 뭐 그것도 나쁘진 않다. 하지만 거기엔 함정이 있다. 무슨 말인가, 그 이야기엔 당시의 고통과 방황은 빠져있기 때문이다.

5.　사랑, 너는 대체 누구더냐

사랑이 끝나고 난 뒤에는 이 세상도 끝나고
날 위해 빛나던 모든 것들 그 빛을 잃어가네

- 양희은 <사랑, 그 슬쓸함에 대하여>

누구나 인정하듯 사랑은 우리 인류의 영원한 테마다. 써도 써도 마르지 않는 샘물이자 영원히 가 닿고자 하는 어떤 대상이다. 하지만 그것은 또한 손에 잡히지 않는 무지개, 신기루 같아서 알면 알수록 아리송하고 새롭다. 그러니 사랑은 수많은 예술작품에서 변화무쌍한 모습으로 등장한다. 아마도 예술에 있어 제 1의 테마는 압도적으로 사랑일 것이다. 저 수없는 시, 소설, 노래, 연극, 영화들을 보라.

자 그런데 한번 생각해보자. 사랑의 기쁨과 환희를

노래하는 작품들도 물론 많지만, 슬픔과 고통을 노래
하는 경우가 훨씬 더 많다. 자, 이렇게 말할 수 있을 것
이다. 많은 경우 아쉽게도 사랑이 끝난 뒤에야, 관계가
깨진 뒤에야 비로소 뒤늦게 그것이 얼마나 소중하고
좋았는지를 깨닫는다. 이어지는 건 뒤늦은 후회고, 그
다음엔 각자 다양한 형태의 방황이 따를 것이다.

그리고 묻고 싶고 따지고 싶을 것이다. 사랑, 넌 대
체 누구냐, 라고...누군데 나를 이다지도 괴롭고 힘들게
하냐고.

6.   사랑에 슬퍼하고 아파하는
     이들에게 2

취생몽사醉生夢事를 마실 수 있다면

홍콩이 낳은 세계적 스타일리스트 왕가위의 영화들
은 장르를 불문하고 사랑에 대해 말하고 있다. 그것도
무척이나 쓸쓸한 사랑에 대해. 그리고 그것이 많은 이
들의 가슴을 울린다. 〈아비정전〉, 〈타락천사〉, 〈중경삼
림〉, 〈동사서독〉, 〈화양연화〉, 〈2046〉, 〈일대종사〉까지
주인공들은 실타래처럼 얽힌 감정의 굴레 속에서 힘
들어 한다. 자, 무협영화의 외피를 입고 있지만 지독한
사랑에 대해 말하는 영화 〈동사서독〉에서 다음과 같은
명대사가 나온다.

"인간의 가장 큰 문제는 기억력이 너무 좋다는 거야.
지난 일을 잊을 수 있다면 매일 매일이 새로운 시작이

아닌가”

　실연의 고통을 느껴본 이라면, 이 대사의 의미를 피부적으로 이해하고 백 프로 공감할 것이다. 자, 사랑이 끝났다는 것도 알고 잊어야 하는 것도 알지만 그게 어디 마음처럼 되는 일인가. 살아있는 것 자체가 고통이고 무의미할만큼 힘든 시간이라고 느껴지기도 하고, 그러니 마시면 지난 일을 잊을 수 있다는 묘약이 있다면 주저없이 그것을 마시고 싶을 만큼 아프고 괴로운 것이다. 홍콩의 빅스타 유덕화의 노래 중에 〈망정수〉란 노래가 있다.

　　내 눈에 고인 눈물이
　　누구 때문인지 묻지 마세요
　　그저 이 모든 것을 잊게 해주세요
　　아, 나에게 망정수를 한잔 주세요

　　　　　　　- 유덕화 〈忘情水〉

역시 이별의 고통, 사랑의 슬픔을 절절하게 노래하고 있다. 아마도 우리 현실에서 망정수, 즉 지난 사랑을 잊게 해주는 물이라면 술이 아닐까. 하여 사랑을 잃고 가슴아파하는 이들은 술에 기대 잠시만이라도 현실을 잊고 싶어 하는 것일 터이다. 사실 살다보면 슬픔과 아픔은 부지기수고 사랑의 형태 또한 여러 가지일 수 있으니, 사랑을 꼭 이성간의 사랑, 그로 인한 아픔과 슬픔만을 이야기할 건 아니다. 하지만 우선 여기선 남녀간의 사랑, 즉 이성애에 먼저 포커스를 맞추어 말해보고자 한다.

뭐라고? 실연이 달콤하다고?

이제와 새삼 이 나이에
실연의 달콤함이야 있겠냐만은

- 최백호 <낭만에 대하여>

　　세상 모든 실연자들은 가슴이 아프고 괴롭다. 물론 개별의 차이는 있겠지만, 때로는 극한의 고통일진데, 이 무슨 말 같지 않은 소리일까. 실연의 달콤함이라니. 누구 약 올리는 것인가. 힘들어 죽겠는데 지금 장난하나? 그런데 조금 나이가 들어 생각해보니 가사의 의미를 좀 알겠다. 비록 지금 당장은 공감되지 않더라도 조금 더 인생을 살아 보고, 나이가 더 들어보면 알게 될 것이다. 즉 청춘의 뜨거움과 그 순수함, 혹은 무모함에서 조금 떨어져 그 시절, 그 상황을 다시 되돌아보면 그 말에 자연스레 수긍이 갈 것이다. 다시 말해 그 시절을 떠나온 어느 누군가에겐 젊은 날의 실연과 상처, 아픔과 괴로움도 모두 다 아련한 그리움일수 있다. 그러니 너무 아파하지 말고, 너무 자책하지도 말고, 너무 미워하거나 괴로워하지 않기를.

7.   사랑에 슬퍼하고 아파하는
      이들에게 3

하늘이 무너져도 솟아날 구멍은 있다

사랑이 떠나가도
가슴에 멍이 들어도
한 순간 뿐이더라
밥만 잘 먹더라
죽는 것도 아니더라

- 옴므 <밥만 잘 먹더라 >

이별을 노래한 많은 노래 중 또한 이런 노래 가사
도 있다. 실연의 상황을 조금쯤 코믹하면서도 긍정적
인 각도에서 묘사하고, 힘내라 응원하는 노래 <밥만
잘 먹더라>는 노래를 들으면 슬며시 웃음이 난다. 당

장 실연으로 힘들어하는 당사자들에겐 장난치냐는 소리를 들을 수도 있겠지만, 조금 거리를 두고 생각해보면 그래 그렇지, 인생이란 그런거지, 라고 고개를 끄덕이게 만드는 가사이기도 하다. 청춘은 사랑에 모든 걸 걸 수도 있다. 세상의 전부라고 느낄 수 있다. 그래서 그것이 실패로 끝났을 때 그만큼 아픔과 좌절도 클 수 있다. 하지만 그것이 고통과 상처만 주는 건 아닐 것이다. 당장은 힘들지만 결국은 이겨내고 버텨낼 것이며, 나를 더 성장시킬 것이다. 그러니 너무 자책하지 말고 자기 자신을 더 아끼고 잘 챙겼으면 좋겠다. 밥도 잘 먹고, 운동도 열심히 하면서 씩씩하게 일상을 영위해 나가길.

8.　사랑에 대한 예의에 대하여

너를 마지막으로 나의 청춘은 끝이 났다

우리의 사랑은 모두 끝났다

램프가 켜져 있는 작은 찻집에서 나 홀로

우리의 추억을 태워버렸다

사랑 눈 감으면 잊으리

사랑 돌아서면 잊으리

사랑 내 오늘은 울지만

다시는 울지 않겠다

- 조용필 〈Q〉

　　강력 사건이 터졌을 때, 수사관들은 일단 돈과 치정이 사건과 연관되었는지를 살핀다. 그만큼 그 둘은 강력하고 또 징글징글한 측면이 있어서일 것이다. 돈은 그렇다 치고, 남녀 간의 감정은 왜 종종 그렇게 비극을 초래하는 것일까.

사랑이라는 이름을 두르고 있는 감정을 들여다보면, 그 안에는 소유욕, 집착, 자존심, 이기심과 같은 것들이 어느 정도 있을 것이다. 하지만 성숙한 사랑이라면 상대에 대한 배려, 희생도 잘 갖추고 있어야 할 것이다. 그렇지 못한 미성숙하고 이기적인 것이 더 큰 경우라면 결국 이런저런 문제가 생길수도 있을 것이다. 그래, 생각해보면 미성숙한 경우가 참 많다. 좋을 땐 그 온갖 유치한 유난을 다 떨다가...

남녀가 만나 서로 좋아하고 사랑하는 것에 이유가 없듯이, 헤어지는 것도 얼마든지 있을 수 있는 일이고 또 자연스러운 과정일 수 있다. 하지만 나이가 좀 들어 생각해보니 이별의 과정에서도 상대에 대한 배려가 정말 중요하다. 이별에는 어느 정도의 준비와 시간이 꼭 필요하다는 생각이 든다. 인간이 갖는 감정 중에서 가장 강렬한 것 중 하나가 이성에 대한 배신감, 그 상처로 인한 분노가 아닐까 싶다. 차거나 채이거나, 사실 3 자가 보기엔 별거 아니지만, 당사자들에겐 그렇지 않을 것이다. 특히나 자존심에 심한 상처를 입었다고 느끼게 되면 걷잡을 수 없는 감정적 동요에 휘말릴 수도 있다. 사실 정말 내가 사랑한 사람이라면 이별 앞에서도 끝까지 상대를 배려할 수 있어야 한다. 설령 상대가 나를 아프게 하고 미성숙한 모습을 보이더라도 좀 더 이해하고, 잘 떠나보내야 한다. 만약 끝이 아주 안 좋아 분노가 있더라도, 조금씩 그 감정을 덜어낼 줄 알아야 할 것이다.

결국 좀 더 성숙한 자세와 마음가짐이 중요할 듯 하다. 사랑이란 나 혼자서 할 수 없는 것이고, 좋을 때나 또 헤어질 때 역시도 상대에 대한 배려와 성숙한 자세가 꼭 필요한 것이다. 자기애, 소유욕, 이기심, 자존심, 이런 것들을 앞세우면 정말 힘들어진다. 그래서 사랑에 대한 유명한 잠언이 있지 않은가. 사랑은 언제나 온유하며, 오래 참고, 성내지 아니하며...

9.　사랑 뒤에 남는 것들

돌아서 눈감으면 잊을까

정든 님 떠나가면 어이해

발길에 부딪히는 사랑의 추억, 두 눈에 맺혀지

는 눈물이여

사랑했어요 그땐 몰랐지만

이 마음 다 바쳐서 당신을 사랑했어요

이젠 알아요 사랑이 무언지

마음이 아프다는 걸

　　　　　　- 김현식 <사랑했어요>

누구나 한번쯤은 사랑에 웃고

누구나 한번쯤은 사랑에 울고

그것이 바로 사랑 사랑 사랑이야

철부지 어렸을 땐 사랑을 몰라
세월이 흘러가면 사랑을 알지
그것이 바로 사랑 사랑 사랑이야

- 김현식 <사랑 사랑 사랑>

오늘은 가수 김현식의 노래를 가지고 이야기를 좀 이어가보자. 가객 김현식의 노래는 평범하고 투박하지만 뭐랄까 진국, 진짜, 라는 느낌을 준다. 다시 말해 혼을 담은 그의 목소리를 들으면, 평범한 가사도 특별하게 다가온다.

그의 명곡 <사랑했어요>는 사랑의 아픔을 절절하게 표현한 노래다. 모든 걸 다 바쳐 사랑했지만, 그 사랑은 이루어지지 못한 모양이다. 그 아픔이 너무 크고 쉽게 회복되지 않음을 이어서 이야기하고 있다. 순수하고 절절하다. 분명 사랑의 한 단면이다.

다음으로 <사랑 사랑 사랑>은 조금 관조적인 시선에서 사랑이라고 하는 것, 인생이라고 하는 것에 대해 이야기하고 있다. 다시 말해 〈사랑했어요〉의 화자보다는 좀 더 성숙한 남자의 이야기다. 마치 세상을 다 가진 것처럼, 또 모든 걸 잃은 것처럼 기뻐하고 슬퍼하지만, 결국 사랑이란 건 누구나 한 두번 쯤 겪게 되는 인생의 평범한 과정이라는 것을 담담하게 말하고 있다. 그러니 너무 유난떨 필요 없고 너무 아파할 필요도 없다는 말을 하고 있는 것이다. 그야말로 더하고 뺄 것도 없는 진리라는 생각이 든다.

10. 사랑이 어려운 시대

오 내 사랑, 그대여

난 당신의 손길이 그리웠어요

너무나 외롭고 긴 시간이었죠

시간은 너무나 느리게 흘러갔죠

하지만 그 시간 속에서 많은 걸 배웠죠

당신은 여전히 나를 사랑하나요

당신의 사랑이 필요해요

- 라이처스 브라더스 <언체인드 멜로디>

　3포, 5포 세대란 단어에 익숙해진지 오래다. 청춘이 행복하지 못한 사회라면 무슨 희망을 말하고 미래를 말할 수 있을 것인가. 참으로 가슴 아픈 현실이 아닐 수 없다. 그리고 포기 단계까지는 아니지만 연애가 참으로 어려운 현실을 반영하는 또 다른 신조어들도 많다. 예컨대 초식남, 건어물녀, 철벽녀 등등, 이것은 또 무슨 해괴한 말이란 말인가.

90년대 중반 이른바 왕가위 신드롬을 일으켰던 영화 〈중경삼림〉은 지금 다시 봐도 촌스럽지 않다. 영화는 90년대 홍콩 젊은이들의 방황과 상실감을 잘 담아냈는데, 반환을 앞둔 홍콩의 불안함이 또한 투영되면서 많은 공감을 샀다. 영화 속 두 명의 남자 주인공 즉 금성무와 양조위는 홍콩의 경찰이다. 홍콩의 치안을 담당하는 인물이자, 요즘 말로 안정적 직장인, 즉 공무원이다. 그런데 그런 그들조차 사랑의 결실을 맺지 못하고 부유한다. 이는 물론 당시의 홍콩을 은유한 것일테지만, 오늘날 대한민국의 모습도 90년대 홍콩과 다르지 않은 것 같다.

높은 물가, 등록금, 대학을 나와도 취직은 하늘의 별 따기처럼 어렵고 청춘은 지쳐만 간다. 비정규직, 88만 원, 3포 5포, 영끌이, 동학개미 운동 등등등 괴상한 신조어들이 늘어만 간다. 그래도 청춘은 연애를 이어가야 한다. 포탄이 날아드는 전쟁통에서도 사랑은 피어나는 법이다. 청춘과 가장 잘 어울리는 단어라면 무엇보다 연애, 사랑이 아닐까. 청춘들이 마음껏 기지개 켜고 사랑할 수 있는 환경을 만들지 못해 기성 세대로서 참으로 미안하다. 그리고 지지한다. 청춘들이여 어렵더라도 사랑하고 또 사랑할지어다!

11.   잘 헤어지는 법

　몇 년 전 중국에서 크게 히트했던 코미디 영화 중 〈쉬즈더원〉이라는 영화가 있는데, 이 영화는 특히 현대 중국사회의 복잡무쌍하고 돈이면 다 된다는 물질 지상주의의 연애관, 결혼관을 풍자하며 촌철살인의 대사로 많은 화제를 모은 바 있다. 개인적으로 특히 인상적인 장면은 주인공들의 이혼식 장면이었다. 결혼식과 똑같이 가족과 지인들을 불러 엄숙하고 진지하게 이혼식을 거행하는 장면이 한편으로는 어이가 없으면서도 굉장히 인상적이었다. 마지막에 상대를 안아주고 잘 되기를 빌어주는 대목은 우스꽝스럽기도 하면서 동시에 무릎을 치게 만들었다고 할까. 그래, 저게 바로 성숙한 모습이다.

　남녀가 때가 되고 인연이 되면 자연스레 만나듯이

헤어지는 것 또한 특별한 일이 아니고 연애에서 다반사로 일어나는 일련의 과정이다. 그런데 이 과정이 매끄럽지 않은 경우가 너무나 많다. 물론 이별이라는 행위 자체가 감정적으로 쉽지 않고 상처를 주고받는 일이기 때문에 매끄럽다는 표현은 어폐가 있을 수 있다. 대략 이런 얘기다. 상대는 아직 헤어질거란 예상조차 못한 상태인데 갑자기 일방적으로 연락을 뚝 끊어버리고 숨어버리는 사람이 적지 않다. 본인은 어떤 심정일진 몰라도 일방적으로 통보를 받는 상대는 큰 충격과 상처를 받는다. 그건 한때나마 내가 좋아했던 이에 대한 예의가 아니다. 자, 이런 경우도 있다. 그와는 반대로 서로 충분히 동의를 하고 시간을 가지면서 이별을 했는데도 끝까지 집착하면서 계속해서 안 좋은 모습을 보이는 경우도 많은 것 같다. 이런 경우도 바람직하지 않다.

상처와 아픔을 최소화하면서 서로 악감정을 가지지 않고, 기왕이면 좋았던 것만을 간직하고 서로의 앞날을 기원해주는 것, 그렇게 하면 어떨까. 물론 그것이

말처럼 쉽진 않겠지만, 어쨌든 만나는 것 못지않게 잘
헤어지는 것이 참으로 중요하다는 생각을 해본다.

12. 마지막 하나의 패

청춘은 순수하고 때로 무모하다 싶은 상황에도 앞뒤 가리지 않고 뛰어든다. 또한 그렇게 해야 진짜다, 라고 생각할 수도 물론 있다. 사랑이 바로 그렇다. 목숨까지 걸고, 내 모든 걸 걸겠다, 라고 맹세하는 사랑, 물론 멋있고 낭만적일 수 있다. 사랑이 아니면 죽음을 달라, 나에겐 사랑밖에 없다고 소리 높여 외칠 수도 있다. 그런데, 인생을 좀 살아보니 "사랑밖에 난 몰라"가 되서는 좀 곤란하다는 생각이 든다. 그런 태도는 뒤집어 보면 사랑이라는 미명 뒤에 숨는, 즉 현실 도피적인 측면도 있는 게 아닌가 싶다. 어쨌든 그런식은 곤란하다. 적어도 마지막 하나의 패 정도는 쥐고 있어야 한다.

한때 우리에게 많은 사랑을 받았던 홍콩영화, 그중에서도 청춘 느와르 영화, 좋았다. 앞뒤 재지 않고 폭

주하는 기관차처럼 세상에 거칠 것 없이 반항하다가 비극적 최후를 맞이하는 수많은 영화들, 그들의 사랑에는 우회가 없다. 무조건 직진이다. 그런 모습은 강렬한 감정적 카타르시스를 선사하며 울림을 자아냈다. 그런 영화들에는 소위 비극적 낭만성이 분명 있다. 가령 그 시절 유덕화는 항상 비장한 최후를 맞는다. 〈열혈남아〉, 〈천장지구〉, 〈지존무상〉 속 유덕화, 비극적 낭만성의 끝을 보여준다. 하지만 영화는 영화일 뿐, 그것이 현실이 될 순 없고 그렇게 되어선 정말 곤란하지 않겠는가.

어떤 이는 사랑도 정치처럼 이리저리 짱구를 굴리며 꼼수를 써야한다고도 말한다. 그래야 내가 손해 안보고 상처도 안 받는다는 셈법일 것이다. 노우!, 그건 아니다. 아니 가장 순수해야 할 사랑에서까지 그렇게 계산기를 두드리며 얍삽하게 군다면 어디 쓰겠는가. 그건 분명히 아니다. 하지만, 인생을 조금 살아본 입장에서 내 아이, 내 조카, 그리고 내 젊은 학생들에게 그런 조언은 꼭 하고 싶다. 순수하고 열정적으로 사랑하되, 그게 삶의 전부인양 모든 걸 올인하지는 말라고 말이다. 그것이 초래하는 결과가 종종 너무 아프고 소모적이라는 것을 알기 때문이다. 요컨대 마지막 보루, 마지막 패 하나 정도는 가지고 있으면 좋겠다.

13.　시간이 필요하다

부드럽게 날 사랑해주세요

달콤하게 날 사랑해주세요

날 떠나가게 하지 마세요

당신은 내 인생을 완전하게 만들었어요

그리고 난 당신을 정말 사랑해요

　어떤 이들은 사랑의 빈자리는 사랑으로 채워야 한다며 이별 후 바로 또 다른 사람을 만나려 한다. 습관적으로 그렇게 만나기도 잘 만나고 헤어지기도 잘 하는 이들도 더러 있지만, 그건 제대로 된 만남이 아니다. 유희나 방황, 정도라고나 할 수 있을까.

　분명히 시간이 필요한 일들이 있다. 아니 따지고 보

면 세상의 모든 일들에는 일정한 시간이 꼭 필요하다. 밥 짓는 것으로 비유를 해볼까, 밥을 하려면 쌀을 씻고 좀 불려야 하고 끓이고 뜸을 들여야 하며, 먹고 난 뒤에도 밥솥을 물에 불려 닦아야 깨끗하게 씻기지 않던가. 사랑과 이별 또한 마찬가지이다. 첫눈에 보자마자 사랑에 빠지는 경우도 물론 있을 수 있다. 하지만 더욱 중요한 것은 그 사랑을 잘 지속하는 것일 것이다. 그리고 어쩔 수 없는 이별, 이별을 맞이하게 된다면 그 과정에도 준비와 시간이 반드시 필요하다.

더더욱이 시간이, 그것도 충분한 시간이 꼭 필요한 경우는 바로 이런 경우다. 즉 쓰라린 이별 뒤의 원만한 회복을 위해, 그리고 다시 새로운 사랑을 만나기 위해서는 충분한 시간이 필요하다. 당장 괴롭다고, 외롭고 허전해서 억지로, 또는 무리해서 누군가를 만나려고 시도해본들 제대로 될 리가 없다. 마음만 더 혼란스러워지고 괴로울 뿐이다. 그리고 그건 상대에 대한 예의가 또한 아니다. 그러니, 충분히 시간을 갖고 지난 일

들을 정리하는 것이 좋다. 제 아무리 괴롭고 슬퍼도 시
간이 지나면, 즉 시간은 많은 것들을 정리하게 해주고
치유해준다. 그리고 당신을 새로 태어나게 해준다.

2부

사랑은 어떻게 표현되는가

1.   사랑한다면 사랑한다고
     말을 해야 한다

내가 그의 이름을 불러주기 전에는

그는 다만

하나의 몸짓에 지나지 않았다

내가 그의 이름을 불러주었을 때

그는 나에게로 와서

꽃이 되었다

내가 그의 이름을 불러준 것처럼

나의 이 빛깔과 향기에 알맞은

누가 나의 이름을 불러다오

그에게로 가서

나도 그의 꽃이 되고 싶다

우리들은 모두 무엇이 되고 싶다

너는 나에게 나는 너에게

잊혀지지 않는 하나의 눈짓이 되고 싶다

- 김춘수, 〈꽃〉

　한국인이라면 모두가 좋아하는 시 〈꽃〉이다. 이 시는 그 자체로 아름답고 낭만적이기도 하지만, 동시에 존재와 인식에 대한 이야기를 하고 있는 작품이다. 즉 '꽃'이라고 이름을 불러주는 그 행위를 통해 존재는 비로소 의미를 가지게 되는 것이고, 존재는 다른 존재에게 인식됨으로써 꽃이 되는 것이다.

　작품 속 화자는 타인을 불러주는 역할만을 하는 것이 아니라 그 자신 역시 타인에게 의미 있는 존재가 되고 싶다는 바람을 드러낸다. 즉 서로가 이름을 부르며 존재를 인식하는 상호성을 강조한다.

　자, 사랑 또한 마찬가지이다. 사랑은 서로의 존재를 인식하고 좋은 감정을 가지는 것에서 출발한다. 그리고 당신을 "사랑한다"라고 말로 정확하게 표현함으로

써 더욱 명확해진다. 물론 꼭 말로 하지 않아도 느낄 수 있는 게 또한 사랑이라지만 표현을 해야 제대로 인식되고 알 수 있는 것이기도 하다. 혼자서만 끙끙 앓는 사랑이 얼마나 많은가.

게다가 사랑은 그 형태와 종류가 복잡 다양하다. 둘 다 서로 사랑한다지만 그 정도에 있어 완전히 똑같을 수는 없기에 차이가 있을 수밖에 없다. 즉 한쪽이 어느 한쪽보다 더 사랑하고 덜 사랑하는 상황이 생길 수 있는 것이다. 그러니 계속해서 말로 묻는 것이고 상대가 나를 사랑하는 지 확인하려 드는 것이다.

2. 사랑은 말과 글로 완전히 표현될 수 있을까

처음 느낀 그대 눈빛은

혼자만의 오해였던 가요

해맑은 미소로 나를 바보로 만들었소

- 유재하 〈사랑하기 때문에〉

인간의 감정과 생각은 말과 글로 표현된다. 그런데 여기서 드는 의문이 있다. 과연 우리가 사용하고 있는 언어와 문자로 인간의 모든 감정과 생각을 완벽하게 표현할 수 있을까. 그중에서도 지금 우리가 이야기하는 이 사랑을 완벽하게 표현할 수 있을까.

자, 먼저 동아시아 최고의 지성, 공자의 의견을 좀 정리해보자. 공자는 무릇 말이란 뜻을 전할 수 있으면 그만이다라고 했다. 즉 공자는 말과 글로 표현 가능하다는 쿨한 입장을 취한 것이다. 이에 비해 맹자는 조금 더 신중하고 디테일한 입장을 취하고 있다. 즉 언어만으로는 부족하고, 그 부족한 부분은 표정과 기색으로 보충해야 한다고 주장하고 있다. "얼굴색에 나타나고, 말로 발설해야 남에게 이해시킬 수 있다"

아리송해 아리송해
어제 한 너의 말이 아리송해

- 이은하 〈아리송해〉

정리해보면 잘 고른 말과 글, 그리고 부족한 부분은 표정과 기색 등으로 좀 더 보충하면 우리네 감정과 생각을 다 표현 가능하다는 말이겠다. 충분히 설득력이 있다. 그런데 여기서 잠깐, 그렇지 않다고 반대 의견을 제시한 고전 속 문장이 있다. 바로 3천 년도 더 된 유명한 고전 〈주역〉인데, 다음과 같은 설명이다. "글로는 말을 다 담지 못하고, 말로는 뜻을 다 나타내지 못

한다" 흠, 이 말도 충분히 공감이 간다. 결국 이 두 상
반되어 보이는 입장은 이거다, 저거다, 맞다, 틀리다의
차원은 아니다. 관점을 어디에 두느냐의 차이라고 보
는 게 좀 더 정확할 것이다.

　사랑은 복잡 미묘하기도 하지만, 또한 너무나 명확
하고 확고한 것이기도 하다. 각자 적당한 말과 글, 그
리고 표정과 제스처 등으로 잘 표현하면 될 것 같다.

3.　나는 너다

　시나 노랫말, 그리고 영화나 드라마 같은 사랑을 다룬 여러 매체에서 종종 들을 수 있는 문구다. 내가 너고, 니가 나다, 라는 인식, 그래 그 또한 사랑을 표현하는 아주 강력한 문장이 되는 것 같다. 그러니 절대 헤어질 수 없다는 주장이기도 하고, 나야 말로 너에 대해 잘 알고 너를 위할 수 있는 사람이라는 것을 강조하고 있는 것 같다.

　내가 나를 사랑하듯 너를 사랑하겠다. 이 말은 한편으로 보면 역지사지를 강조하고 있는 말이기도 하다. 즉 상대를 나로 생각하고 그대로 여기고 사랑하라는 것, 내가 하기 싫은 것이라면 상대에게도 시키지 말 것, 정말 이렇게만 할 수 있다면 참으로 성숙하고 이상적인 사랑이 될 것 같다. 사랑에 있어서뿐 아니라 모든 인간관계에서 필요한 부분이기도 하다.

그런데 한편으로 생각해보면 나는 너다라는 인식은 양면성이 있는 것 같다. 가령 까딱 잘못하면 엄청난 소유욕이 발동하여 상대를 소유하려 들 수도 있겠고, 뭔가 트러블이 생기면 네가 어떻게 나에게 그럴 수 있나며 엄청난 분노를 일으킬 수도 있을 것이다. 그래서 한편으로 생각해보건데 이런 표현은 비유컨대 양날의 검 같은 표현일 수도 있겠다는 생각이 든다.

4.   나보다 더 소중한 당신

난 네가 좋아하는 일이라면
뭐든지 할 수 있어
난 네가 기뻐하는 일이라면
뭐든지 할 수 있어

- 정수라 <난 너에게>

나보다 너를 더 아끼고 사랑한다, 이 또한 대중가요 등에서 심심찮게 발견할 수 있는 표현이다. 이것은 앞서 살펴본 '나는 너다'라는 수준에서 한 걸음 더 나아간 듯한 표현이다. 나보다 더 너를 사랑하고 아낀다니, 도대체 얼마나 사랑한다는 말인가. 일종의 과장이고 수사적 표현이 아닐까. 물론 그렇게 말하는 이의 그 순수한 마음은 충분히 이해하고 존중한다. 하지만 한편으로는 그런 생각이 든다. 그게 그리 말처럼 쉬운 것은 아닐걸.

그렇게 생각하는 이는 아마도 인생을 좀 산 이들일 가능성이 높다. 즉 그 뜨겁던 감정에서 어느 정도 멀어진 사람일 확률이 높다는 말이다. 어쨌든 현실에서도 꽤 종종 볼수 있다. 그런 순도 백프로의 사랑을. 가령 다음과 같은 문구를 보자

위급시 아이 먼저 구해주세요

운전하고 가다보면 종종 마주하는 문구다. 대개 차 뒷유리에 스티커 형태로 붙여놓은 경우가 많다. 아이를 생각하는 부모의 애틋한 사랑이 느껴지는 문구다. 부모의 마음은 진실일 것이고, 그것을 의심하는 이는 거의 없을 것이다. 물론 사랑하는 남녀 사이에서도 상대를 위해 나를 희생하는 경우가 적지 않다. 아픈 연인을 위해 자신의 장기를 기꺼이 이식해주는 걸 보면 커다란 감동을 받는다. 절대절명의 위기의 순간 둘 중 하

나만 살수 있는 극단의 상황에서 사랑하는 이를 위해 자신을 희생하는 경우도 있다. 그런 예를 들어보자. 영화 〈타이타닉〉에서 레오나르도 디카프리오는 배가 난파된 뒤, 추운 겨울 바다에서 사랑하는 연인을 나무 조각 위에 올리고 자신은 차디찬 바다에서 죽어간다. 사랑하는 이의 손을 꼭 잡은 채. 사랑이 무엇인지, 어디까지 갈수 있는지 보여주는 대목이다.

5.　우리는 하나다

나 오직 그대를 사랑해

그 사랑 변하지 마오

우린 모든 것 다 주어요

그대 나의 인생이기에

- 한울타리 <그대는 나의 인생>

　　우리는 하나, 서로 사랑하는 관계를 잘 표현하는 또
하나의 문구가 아닐까 싶다. 비슷한 표현으로 부부는
일심동체다 라는 말도 있다. 하나라는 것, 두 사람의
마음이 마침내 하나로 합쳐지는 것, 참으로 아름답고
또 신기한 일이기도 하다. 늘 생기는 갈등과 논쟁이 아
니라 공감과 동감, 그래서 마치 한사람의 것처럼 통일
되는 어떤 단계, 개념, 정말 신비롭지 않은가. 사랑은

분명 그런 힘이 있다.

물론 우리 인간은 완전한 존재가 아니기 때문에 언제든 갈등과 의견 차이는 생길 수 있고, 그로 인해 하나라는 개념에 균열이 갈 수도 있고 크게 깨질 수도 있으며, 심하게는 헤어지는 일이 발생할 수도 있다. 그걸 미리 생각하고 사랑을 하는 경우는 없겠지만 말이다.

우리는 하나, 라는 구호는 꼭 사랑하는 남녀만이 쓸 수 있는 표현은 물론 아니다. 가족 전체의 단합, 친구들, 학교 구성원, 나아가 전 인류의 단합을 추구하면서도 얼마든지 쓸 수 있는 표현이다.

6.   충만한 합일

　사랑은 둘이 하나가 되는 일이기도 하다. 합쳐져 하나가 된다는 합일合一은 일단 하나 보다는 더 완정하고 충만한 어떤 상태를 뜻하는 듯 하다. 그런데 여기서 드는 의문 하나, 합일이라는 것이 정확히 일과 일이 만나 이가 되는 과정일까. 사랑은 종종 한쪽이 다른 상대보다 더 큰 몫을 갖기도 하지 않은가. 혹은 일방통행일 경우도 있지 않은가,

　〈사랑의 기술〉을 쓴 에릭 프롬은 그리하여 예리하게 지적한 바 있다. '성숙한 사랑'이란 자신의 통합성, 즉 개성을 유지하면서 이루어지는 합일을 가리킨다고 말한다. 충분히 공감되는 말이다. 사랑은 어느 한쪽이 일방적일 수 없고, 그렇게 되는 순간 그것은 온전한 사랑이 되지 못하고 가령 소유나 집착이 되기 십상이다. 한쪽이 한쪽을 강요하거나 자신의 방식이 옳다고 우기는

상황에서는 제대로 된 사랑이 될리 만무하다. 잠시 뜨거운 감정이 유지될지는 모르겠지만 곧 소멸될 것이 자명하기 때문이다.

그리하여 보다 완정한 사랑, 양자가 만족하는 충만한 합일이 되기 위해서는 각자의 특성, 에릭 프롬이 말하는 자신의 통합성을 유지하면서 상대와 결합할 수 있어야 한다. 즉 두 존재가 하나가 되면서 동시에 둘이 남아있어야 한다.

7.   사랑엔 조건이 없어야 한다

　우리 모두는 언제 어디서나 일상적으로 사랑을 말하곤 한다. 그렇게 사랑은 사실 너무나 흔한 말이다. 자그렇다 보니 그 앞에 여러 수식이 따로 붙기도 한다. 가령 순수한 사랑, 진실한 사랑, 영원한 사랑, 조건 없는 사랑 등등.

　사실 사랑이라는 말, 그 감정에는 자연스레 상대에 대한 여러 기대, 조건 등등이 숨겨져 있는 경우가 많다. 그래서 그 기준에 닿지 못하면 실망하게 되고 사랑이라는 감정을 흐리게 만드는 경우가 많다. 진정한 사랑은 그런 조건이나 기대 등을 뛰어넘어 상대를 있는 그대로 포용할 수 있어야 한다. 그렇기에 결코 쉽지 않은 것이다. 진정한 사랑은.

　처음엔 마냥 좋다가 시간이 지나고 콩깍지가 좀 벗겨지면 상대의 단점이 눈에 들어오고 실망하고 그로 인해 싸우고 상처 주다가 파국을 맞는 사례가 얼마나 많은가. 진짜 사랑은, 조건 없는 사랑은 상대의 장점뿐 아니라 단점도 포용할 수 있어야 한다. 사랑은 거래가 되어서는 안된다. 내가 이만큼 주었으니 너도 그만큼 주어야 한다는 식의 관계 설정은 결코 진실한 사랑으로 나아가지 못한다. 불안하게 흔들리다가 서로에게 상처를 주고 끝내는 종착역에 도착하게 될 것이다.

8.   일편단심 민들레

행복했던 장미 인생 비바람에 꺾이니

나는 한 떨기 슬픈 민들레야

긴 세월 하루같이 하늘만 쳐다보니

그이의 목소리는 어디에서 들을까

일편단심 민들레는

일편단심 민들레는

떠나지 않으리라

- 조용필 〈일편단심 민들레야〉

  변하지 않는 사랑, 상대에 대한 굳은 믿음을 표현할 때 종종 '일편단심 민들레'라는 말을 한다. 민들레라, 척박한 땅과 환경에서도 결코 죽지 않는 끈질긴 생명력을 가진 식물이 민들레여서 그랬을까, 어떤 고난 속에서도 결코 변치 않겠다는 굳은 신념, 그리고 영원불멸을 지향하는 사랑의 어떤 속성을 표현하는 것 같다. 한편으로 한없이 가볍고 계산기를 두드리는 얄팍한 관계가 사랑이라는 허울 좋은 이름을 빌려입고 횡행하는 오늘날, 이런 묵직함이 남다르게 다가오는 것 같다. 바꿔말하면 그런 사랑이 쉬지 않다는 것이다. 아니 쉽지 않은 정도가 아니라 아주 어렵다는 말이 맞겠다.

한때 영화 대사에서 시작되어 유행처럼 번졌던 표현이 있다. "사랑이 어떻게 변하니?" 변심한 여자에게 던지는 남자의 원망섞인 말인데, 여자는 그 말에 별 반응을 보이지 않는다. 영화를 보는 관객들도 대개는 남자가 왜 저리 순진한가 라고 생각했을 것이다. 남자의 말에 적극 동조하는 이들은 사실 별로 없었을 것이다.

광고 카피로 나왔던 표현 중에 꽤 인기를 끌며 유행어가 된 케이스도 있다. "사랑은 움직이는 거야" 미련을 떨치지 못하는 남자를 향해 쿨하게 멘트를 날리는 젊은 여자의 대사였다. 재밌기도 하고 쿨하게 보이지도 하지만, 한편 참 가볍다는 생각이 들게 하는 장면이다.

　일편단심 민들레, 요즘 같은 세상에 참 쉽지 않은 말이다. 하지만 아무리 세상에 변하고 가치관이 바뀐다 해도 이 세상에 사랑이 존재하는 한, 사라지지는 않을 말이다. 여전히 사랑을 꿈꾸는 많은 이들이 그것을 추구하기 때문이다.

9.　모두 다 사랑하리

하늘에 구름 떠 가네 보라색 그 향기도

시간이 멈춰지면 얼마나 좋을까

내 곁에 사랑도 가네 빨간 입맞춤도

이 몸이 하늘이면 얼마나 좋을까

비맞은 태양도 목마른 저 달도

내일의 문앞에 서 있네

아무런 미련 없이 그대의 행복 위해

돌아설까나

타오르는 태양도 날아가는 저 새도

다 모두 다 사랑하리

- 송골매 <모두 다 사랑하리>

아주 오래된 노래지만 지금 들어도 좋은 노래다. 감

미롭지만 동시에 안타깝고 슬픈 감정이 올라오는 노래라고 해야 하나, 그리고 '찬란한 슬픔' 같은 좀 형용모순인 것 같다는 생각도 든다.

하지만 분명 이 노래는 누군가를 진실하게 사랑하는 이가 말하는, 사랑의 비가悲歌이다. 그리고 이 사랑은 성숙한 사랑이고, 슬프지만 아름답게 승화된 사랑이다. 보통 사랑이 깨지고 실연을 맞이하면 어떤가. 울고 불면서 현실을 부정하려 하거나 구차하게 매달려 상대의 마음을 어떻게든 돌려 보려하는 것이 일반적이다. 그런데 여기의 화자는 어떠한가. 애절함은 누구 못지 않지만, 즉 아프지만 그대를 위해 나는 돌아서려 하고 있다. 나를 위해, 우리 사랑을 위해 반짝이던 주위의 모든 것들이 한순간에 나를 더 고통스럽게 할 수도 있을 텐데, 화자는 그렇게 보지 않고 그 모든 것을 긍정적으로 끌어안으려 하고 있는 게 아닌가. 쉽지 않은 경지다. 하지만 나는 여기서 진정한 사랑의 힘과 성숙되고 멋진 한 사람을 발견한다.

10.   연민, 가엾음, 애처로움

죽는 날까지 하늘을 우러러

한 점 부끄럼 없기를

잎새이는 바람에도

나는 괴로워했다

별을 노래하는 마음으로

모든 죽어가는 것들을 사랑해야지

그리고 나에게 주어진 길을

걸어가야겠다

오늘 밤에도 별이 바람에 스치운다

- 윤동주 <서시>

사랑은 한순간에 스파크가 튀고 한순간도 떨어질 수 없을 정도로 강렬하게 불타오르는 감정이기도 하지만,

그와는 다르게 서서히 조금씩 다가오는 경우도 허다하다. 그리고 상대의 엄청난 매력에 내 마음이 홀리는 신비한 경험이기도 하지만, 그런 감정과는 전혀 다르게 그저 왠지 가엾고 불쌍해서 도와주고 싶고, 뭔가 위로해주고 싶은 마음에서 시작되기도 한다. 연민, 애처로움, 보호본능을 자극하고 불러일으키는 어떤 감정, 거기에서도 사랑이 시작된다.

그래서 내가 나서서 도와줘야 할 거 같고, 왠지 내가 없으면 저 사람이 다치거나 힘들어질 거 같다는 생각, 그런 생각과 감정들이 모이고 쌓여서 마침내 사랑으로 연결되는 경우, 세상엔 그런 경우가 수도 없이 많다. 그럴 때 가족이나 친구가 물을 수 있다. "너 그 사람 사랑하니?" 나는 답한다. "모르겠어. 그런데... 왠지 모르게,,," 그렇다면 그것은 사랑이 맞다.

11. 아내가 예쁘면 처갓집
   말뚝을 보고도 절을 한다

우리 속담 중의 하나인데, 재밌기도 하고 의미심장한 말이기도 하다. 그리고 한 가지 더, 이 속담은 사랑이라는 감정의 속성을 정확히 묘파한 꽤 날카로운 속담이라고 말할수 있을 것 같다. 자, 요즘 세태를 표현하기도 하는 좀 씁쓸한 표현들중에 이런 것들이 있다. "단어에 시 자만 들어가도 싫어한다", 그래서 시금치도 싫어한다는 말 등등. 며느리들이 시어머니와 시댁을 싫어하고 불편해한다는 웃픈 말들이다.

자, 그런 세태 속에서 처갓집 말뚝을 보고 절을 한다니 이 왠 말인가. 물론 내가 사랑하는 사람을 낳아줘서 고맙다는 것, 현재의 아내가 너무 예쁘고 좋아서 저절로 그 감정이 확대되어 세상이 다 좋게 보인다는 것으로 바라볼 수 있다. 충분히 그럴 수 있다고 본다. 그런데 내 생각에 이 속담에는 사랑에 대한 보다 근원적인 성찰이 배어있는 것 같다. 즉 상대에 대한 노력과 배려, 그것을 지키려고 하는, 보다 더 본질적이고 성숙한 어떤 것을 표현하고 있는 것이다.

즉, 속담 속 남편은 그저 아내가 막 예뻐서 죽겠다는 표면적인 감정에 치우치는 것이 아니라, 내가 사랑하는 사람, 그 사람이 나고 성장한 그 근원을 아끼고 존중하겠다는 성숙한 의지가 들어있는 것이다. 그러니까 다른 측면에서 보면 이 남자는 상당히 현명한 남편인 것이다. 그런 노력이 이어진다면 당연히 그 가정은 화목해질 것이고, 부인도 악녀가 아닌 다음에야 저절로 남편의 근원인 시댁을 챙기고 사랑하게 될 것 아닌가. 우리가 사랑에 대해 한 수 배울 수 있는 멋진 속담 같다. 아내가 예쁘면 처갓집 말뚝을 보고도 절한다.

12.　바보 온달과 평강 공주

　어린 시절 읽었던 평강 공주와 바보 온달 이야기, 아마도 우리 한국인이라면 누구라도 아는 익숙한 스토리일 것이다. 그리고 그 이야기를 떠올리면 개인적으로는 일단 상대를 성공시키는 사랑의 힘을 말하고 있다는 생각이 든다. 둘의 이야기는 얼핏 로맨틱하고 동화 같은 이야기처럼 들리기도 하지만, 〈삼국사기〉에 실린 엄연한 실화라는 것이 더욱 인상적이다.

　자, 두 사람의 이야기는 대체로 이렇게 요약된다. 보잘 것 없는 신분에다가 가난한 남자와 지체 높은 공주가 신분을 뛰어 넘어 결혼을 하고, 공주의 내조를 받은 남자는 장군이 되어 뛰어난 공을 세운다는 이야기. 사실 이러한 신분, 혹은 조건을 뛰어넘는 사랑 이야기는 지금도 종종 영화나 드라마의 소재가 된다. 지금도 쉽지 않을진대 그 옛날 신분제가 엄격하던 그 시절에는 뭐 더더욱 어려운 일이었을 것이다. 그런데 그걸 실현했다는 건 대단한 일이고, 소위 사랑의 파워를 느끼게 하는 일이기도 하다.

온달을 찾아간 평강 공주의 감정이 무엇이었을까, 그녀는 왜 모두가 말리는 그를 남편으로 택했을까, 이게 좀 현실성이 떨어지는 이야기 아닌가 싶기도 하다. 이게 바로 논리적으로는 잘 설명되지 않는 사랑의 힘이다. 남에게 무시받는 사회적 약자에 대한 연민에서 출발했을 수도 있고, 자기와는 영 다른 부류의 사람에게 끌렸을 수도 있다. 어쨌든 여기서 좀 더 인상적인 점은 그녀 스스로 주체적으로 온달을 선택했다는 점이고, 정성을 다해 남편을 뒷바라지 했다는 점이다. 온달도 그에 부응하여 실력을 키워 고구려의 장수가 되고 나라를 위해 큰 공적을 이루었다는 점도 참 감동적이다. 전쟁에서 전사한 온달의 관이 움직이지 않았는데, 평강 공주가 와서 어루만지자 비로소 움직였다는 마지막 부분도 참으로 감동적이다. 세계 어느 나라의 러브스토리와 비교해도 결코 손색이 없는, 파워 오브 러브인 것이다.

13.   망부석 설화

깊은 밤 잠 못들어

창문 열고 밖을 보니

초승달만 외로이 떴네

멀리 떠난 내님 소식

그 언제나 오실텐가

가슴 조여 기다려지네

- 김태곤 <망부석>

사랑이 주는 진한 감동 중 또 하나의 예로 망부석 설화를 들 수 있을 것 같다. 아내가 멀리 떠나가 돌아오지 않는, 혹은 죽어서 돌아올 수 없는 남편을 그리워하며 기다리다가 죽어서 돌이 되었다는 이 망부석 설화는 뭐랄까 사랑의 애절함, 절절함을 잘 보여준다. 아내가 마을의 어귀, 고개나 산마루에서 서서 목이 빠져라 남편을 기다리는 모습은 안타까우면서 그대로 절절하다. 또한 어떤 면에서는 좀 섬뜩하기도 하다. 이토록 애절한데 남자는 왜 돌아오지 못하고 있나.

망부석 이야기는 물론 영원히 변치 않는 사랑과 절개를 상징한다. 그것은 사람들에게 큰 감동을 준다. 동시에 조금 다른 각도에서 보자면 망부석이 투영하는 감정에는 애절한 슬픔과 애도, 좀 더 나아가면 고통스러운 집착과도 연결되는 감정이 또한 있다. 즉 사랑이 갖는 순수성을 표현하는 동시에 집착으로 이어지기도 하는 사랑의 또 다른 면을 보여준다. 사랑하는 이를 잃은 엄청난 슬픔과 그것에 끝없이 집착하는 고통이 결국 사랑이라는 것을 딱딱하게 굳은 돌로 바꿔버리는 결말을 낳는다고 할까. 요컨대 망부석 설화는 순수한 사랑과 슬픔, 집착 등 복잡한 심리적 상태와 그 경계를 오가는 것 같다. 사랑, 한쪽 면만을 봐서는 곤란하다. 그것은 결코 단순하지 않은 입체적인 어떤 것이다.

14. 성춘향과 이몽룡

우리 고전 중에 사랑을 다룬 멋진 작품이 뭐가 있을까. 가장 먼저 떠오르는 작품이 있다. 바로 〈춘향전〉이다. 아마 가장 많은 사랑을 받는 고전 작품이 아닐까 싶다. 수없이 영화화, 드라마화 되면서 지금도 계속 재해석되고 재생산되는 살아있는 이야기이기도 하다. 자, 그렇다면 〈춘향전〉의 어떤 점이 그렇게 흥미로운 것인가.

일단은 꽃다운 청춘, 선남선녀의 사랑 이야기라는 점, 신분을 뛰어넘는 순수한 사랑을 보여준다는 점, 그리고 순탄치 않은 고난을 겪으면서도 사랑을 지켜낸다는 점과 권선징악으로 귀결되고 마침내 두 사람의 사랑이 결실을 맺는 엔딩이 주는 카타르시스 등이 그 인기의 비결일 것이다.

변사또의 갖은 협박과 회유에도 끝까지 자신의 신념

과 절개를 지키는 춘향이의 모습은 열녀의 전형이자,
다시 그것을 뛰어넘는 사랑의 본질을 보여준다. 즉 만
남과 이별, 갖은 시련 속에서도 끝까지 지켜내려는 지
고지순함, 상대에 대한 굳은 믿음, 마침내 터지는 환희
와 해방감은 커다란 울림을 준다. 이른바 한국형 연애
담의 원형이 바로 이 〈춘향전〉에 오롯이 담겨 있다.

15.　남자는 배, 여자는 항구

언제나 찾아오는 부두의 이별이

아쉬워 두손을 꼭 잡았나

눈앞의 바다를 핑계로 헤어지나

남자는 배 여자는 항구

- 심수봉 <남자는 배, 여자는 항구>

남녀 관계에 대한 일반적인 상징성과 구슬픈 가락으로 많은 사랑을 받은 노래다. 떠나는 남자, 기다리는 여자, 이 같은 구도는 동서양의 막론하고 공통적이고 일반적인 관계 설정이자 고전적인 선입견이다. 물론 반대의 설정도 얼마든지 가능하다. 떠나는 여자와 기다리는 남자.

자, 기왕에 노래를 예로 들었으니 노래의 가사를 좀

더 살펴보자. 사실 이 노래는 일반적인 사랑의 이런저런 과정을 날렵하게 낚아챈 가사로 이루어져 있어 재밌기도 하고 쓸쓸하기도 하다.

"보내주는 사람은 말이 없는데, 떠나가는 사람이 무슨 말을 해"라는 대목에서는 애틋한 이별의 감정이 드러난다. 그 뒤에서는 마치 망부석 설화처럼 기다리는 자의 그리움과 외로움이 이어진다. "하루하루 바다만 바라보다 눈물 지우며 힘없이 돌아서네"

마지막 대목은 이렇다. "이별의 눈물 보이며 돌아서면 잊어버리는 남자는 다 그래" 남자는 그런 존재라며 쓸쓸해 하는 체념이랄까, 약간의 원망이랄까. 그런 감정으로 노래는 마무리된다. 사랑의 짧은 기쁨, 긴 이별을 노래하는 명곡이다.

16. 이수일과 심순애,
그리고 김중배

놓아라, 김중배의 다이아몬드가 그리 좋더냐

이수일과 심순애, 그리고 그 사이에 끼어든 김중배의 이야기 또한 우리가 잘 아는 신파극이다. 서로 사랑하는 사이인 이수일과 심순애, 그러나 그 사이에 돈을 내세운 라이벌 김중배가 나타나고 두 사람 사이에서 갈등하던 심순애가 김중배를 택한다는 이야기. 물론 심순애가 냉큼 김중배를 택한 건 아니다. 가난한 대학생 이수일을 계속 사랑할 것인지에 대한 고민이 분명 있다. 그리고 심순애의 부모는 김중배를 택하라고 계속 압박한다. 게다가 가세가 기울어 김중배의 경제적 도움이 절실히 필요한 상황이다.

현대의 관점에서는 김중배의 다이아몬드도 사랑이다 라고 보는 견해도 많다. 말하자면 이수일과 심순애

이야기는 현대 사회에서 갈수록 막강한 위력을 가지는 자본(돈) 앞에 순수한 사랑이 어떻게 변모되고 파괴되는지를 상징적으로 보여준다. 전통적 가치관과 근대적 물질 풍요 사이에서 김중배의 다이아몬드 반지는 하나의 강력한 상징이 되고있는 셈이다. 그깟 사랑이 밥 먹여주냐는 시각과 김중배의 다이아몬드도 사랑이다 라는 관점은 우리에게 생각할 거리를 던진다.

17. 시경, 가장 오래된 러브송

조용하고 고운 그녀, 성곽 모퉁이에서 날 기다
린다네
사랑하지만 보지 못하니, 머리만 긁적이며 서
성인다네

〈시경詩經〉은 중국 최초의 시가집으로, 대략 3000년
에서 2500년 전 춘추 전국시기 각국에서 불렸던 노래
를 담고 있다. 공자가 채집하여 기록했다고 알려져 있
는 이 〈시경〉은 오늘날로 치면 대중가요 모음집 같은
것이라고도 할 수 있다. 여러 주제를 망라하고 있지만
그중 백미는 역시 남녀 간의 사랑을 담은 시가들이다.
솔직하고도 순수한 감정, 담담하면서도 절제된 표현이

돋보인다.

〈시경〉의 시가가 인상적인 점은 솔직하되 흥분하거나 오버하지 않는다는 점이다. 즉 감정을 과장하지 않고 담담하고 차분하게 말한다는 것이 오히려 더 큰 울림을 준다고 할까. 모든 것이 물 흐르듯 자연스럽다는 느낌이다. 그래서인지 공자는 〈시경〉을 두고 "시를 배우면 마음이 순해지고 말을 아끼게 된다"라고 말한 바 있다. 공감이 가는 대목이다.

3천년 전 필부필녀들의 순수한 사랑을 노래하는 〈시경〉은 결코 낡거나 오래되지 않았다. 오늘날 우리에게 깊은 울림으로 다가온다. 현대의 빠르고 즉각적인 관계와 결말과는 다르게 은은하면서도 힘 있고 깊이 있는 그들의 연애가 더 새롭고 신선하게 느껴지는 부분이 있다.

18. 짝사랑에 관하여

마주치는 눈빛이 무엇을 말하는지
난 아직 몰라, 난 정말 몰라
가슴만 두근두근
아아 사랑인가봐

- 주현미 <짝사랑>

짝사랑, 짝사랑도 사랑의 한 종류로 볼수 있을까. 얼핏 그것 역시 사랑의 감정인 설레임과 부끄러움 같은 감정을 불러일으키는 듯 하니 그럴 수도 있을 것 같다. 한편으로는 짝사랑이란 상대는 그렇지 않은데 한쪽에서 일방적으로 좋아하는 감정을 일컬으니 그건 사랑으로 보기 어렵다라는 관점도 충분히 있을 것 같다. 요컨대 짝사랑은 흔하지만 사실은 좀 복잡한 심리적 현상

일수 있을 것 같다.

예를 들어 짝사랑을 좀 가볍게 본다면 크게 문제될 거 같지 않다. 비록 상대는 그렇지 않다 해도, 혹은 이쪽의 감정에 대해 전혀 모른다 해도 좋아하고 설레는 감정, 그 자체로 기쁨이 될 수도 있을 것이다. 반면 보답이 없는 감정과 노력을 들여야 한다는 측면에서는 실망감이나 좌절, 심각한 고통이 따를 수도 있는 감정일 것이다. 즉 짝사랑이 오래 지속되거나 심한 경우라면 심리적으로 매우 힘들어질 수 있다는 말이다. 물론 그렇다 해도 자신의 감정을 잘 컨트롤하면서 긍정적이고 생산적인 출구를 잘 찾는다면 좌절이나 고통이 아닌 자기 성장으로 승화시킬 수 있을 것이다.

19.   사랑해서 헤어진다는 말

사랑하기에 떠나신다는

그 말 나는 믿을 수 없어

사랑한다면 왜 헤어져야 해

그 말 나는 믿을 수 없어

- 이정석 <사랑하기에>

사랑해서 헤어진다, 얼핏 말이 안되고 좀 비겁한 변명같다는 생각이 든다. 혹은 괜히 폼잡는 허세가 쩐 말이 아닐까 하는 생각도 든다. 아니 사랑하면 그 어떤 고난이 오더라도 끝까지 함께 해야 하는 게 맞지 않나, 그게 진정한 사랑 아니냐는 반문이 이어질 수도 있다.

그런데, 한편으로는 그 또한 전혀 틀린 것은 아니라는 생각이 들고, 어느 정도는 이해할 수 있을 것 같다.

상황에 따라 그러한 선택이 오히려 더 나을 수 있겠다
는 생각도 든다. 가령 내 상황이 지금 너무나 어렵고
힘들어서 현실적으로 상대를 위해서 해줄 수 있는 게
없고, 오히려 상대를 계속 힘들게 하는 상황이라면, 상
대의 행복을 위해 헤어지는게 최선일 수도 있을 것이
다. 그것을 두고 단순히 비겁하다거나 평계에 불과하
다고 비난할 수는 없다고 본다. 상대를 떼어놓기 위한
가식적인 거짓말이 비겁한 것이지, 정말 진심으로 그
것이 상대를 위한 것이라 어렵게 내리는 결정이라면
그 또한 존중받아야 할 것이다.

20.　여기까지- 돌아섬, 단념의 미학

여기까지가 끝인가 보오

이제 나는 돌아서겠소

억지 노력으로 인연을 거슬러

괴롭히지는 않겠소

- 김광진 <편지>

　이 노래 들을 때마다 뭉클한 게 있다. 안타깝지만, 슬프고 괴롭지만 사랑이 끝났다면, 그리고 상대가 원하지 않는다면 보내주고 돌아설 줄 알아야 한다. 물론 그게 그리 말처럼 쉬운 게 아니라서 하늘이 무너질 거 같고 도저히 인정할 수 없을 만큼 받아들이기 어려울 수도 있다. 그런 내 자신이 싫어서 자학을 할 수도 있고 그냥 없어지고 싶다는 생각이 들 수도 있다.

그래도, 어렵고 힘들더라도 돌아서야 한다. 당장 지금은 죽을 만큼 힘들어도 차차 정리가 되고 좋아질 수 있을 것이다. 그래야 성숙한 사랑이고 한때나마 사랑했던 사람에 대한 예의다. 배신감, 상처, 복수 등의 감정에 치우쳐 이미 끝난 관계를 자꾸 뒤적거린다면 그것은 집착일 것이고 더 심각하게 나간다면 스토킹이나 기타 범죄가 될 수도 있다. 그러면 정말 안 된다.

돌아섬의 미학이란 게 분명 있다. 너무 슬프고 아파서 눈물이 줄줄 흐르지만, 그래 널 보내주겠다. 사랑했던 감정만 갖고 가겠다, 속으론 울지만 겉으로는 웃을 수 있다면, 그 또한 정말 멋진 사랑의 한 모습일 것이다.

3부

사랑은 어떻게 소멸되는가

1. 사랑의 무덤은 결혼인가

흔히들 하는 이야기로 결혼은 사랑의 무덤이라는 말이 있다. 혹은 결혼을 하면 사랑은 식는다는 표현도 있다. 둘 다 약간의 유머를 섞은 말이기도 할 텐데, 한번쯤 되새겨 볼 만한 말인 것 같다. 분명 사랑해서 결혼을 하는데, 왜 결혼을 하면 사랑이 예전 같지 않다는 것일까. 이와 관련해서 또 우스개 소리 비슷하게 하는 소리가 또 있다. 다 잡은 물고기에게는 밥을 안주다는 말이 있다. 결국 내 사람, 즉 내 소유가 된 이상 더 이상 많은 노력을 하지 않는다는 말이겠다. 상대에게 잘 보이려 더 이상 노력을 하지 않고, 기대만 계속하다 실망이 늘고 싸우고 그러다 보면 한숨이 이어지고...

사랑을 꼭 설레임의 감정으로만 생각해서는 곤란할 것 같다. 사랑이란 감정은 뜨거운 열정만이 존재하는 건 아니다. 은은한 친밀감, 푸근한 정 같은 요소도 얼마든지 존재한다. 상대에 대한 희생과 헌신도 물론 중요한 감정이다.

한편으로 생각하면 의식적인 노력도 필요하다. 단지 그냥 사랑이 식었다. 권태롭다고 치부하지 말고 계속해서 좋은 감정을 유지하기 위해 노력하고 챙기는 노력과 슬기로움이 중요할 것 같다.

2.　사랑의 유효기간은 3년인 것일까

사랑의 감정

그밖에 내게 남겨진 것은 아무것도 없소

내 사랑의 감정을 잊으려 해도

내 얼굴엔 눈물이 흐르오

- 모리스 알버트 〈Feelings〉

정말 그럴까, 그걸 과학적으로 생리적으로 정확히 증명해낼 수 있는 것인가. 그런 궁금증이 늘 있었다. 어쨌든 사랑이라는 감정의 유효기간이 2년이네, 3년이네 하는 말을 늘 들어왔다.

이런 의견들은 과연 어디서 나온 것인가. 오랜 시간 많은 이들을 대상으로 설문조사를 했을 것이고, 또한 의학적으로도 도파민이나 뇌파의 변화 등의 수치를 가지고 나름대로 다양하게 분석을 거듭했을 것이다. 그러므로 어느 정도는 근거를 가지고 하는 말일 터이다. 진화론자들은 2, 3년이라는 시간이 인간이 자손을 낳아 키우는 최소한의 시간이다 라는 그럴싸한 의견을 내놓기도 한다.

물론 다른 조사도 있다. 결혼한 지 수십년 된 부분을 대상으로 한 연구에서 도파민이 여전히 활발히 분비된다는 결과가 있다. 이를 통해 보면 사랑은 짧게 끝나지 않고 수십년 간 지속될 수 있다는 말이 될 것이다. 상식적으로 생각해봐도 사랑에 꼭 정해진 유효기간이 존재하는 것은 아닐 것이다. 수많은 경우가 있을 것이고, 또 수없는 형태의 다양한 사랑이 존재할 것이니 2년이니 3년이니 하는 말에 흔들릴 필요는 없다. 다만 앞서도 언급한 대로 사랑을 잘 유지하기 위해 다양한 노력이 필요하다는 것만은 분명해 보인다.

3. 사랑에 유효기간이 있다면
    나의 사랑은 일만년으로 하고 싶다

어떻게 당신에게 말할까요

새로운 이를 사랑한다고

당신은 내게 늘 잘해주었죠

그리고 당신의 눈을 볼 때

난 계속 거짓말을 할 수 없네요

그것은 당신의 마음을 아프게 할 거에요

하지만 나는 그것을 숨길수가 없네요

- 조지 베이커 〈I've Been Away Too Long〉

유효기간 이야기를 하니 유명한 영화 대사가 하나
생각난다. 왕가위의 영화 〈중경삼림〉에 나왔던 대사,
지난 사랑에 집착하며 유통기한이 지난 통조림에 집착
했던 금성무가 읊조린 말이다. 사랑에 유효기간이 있

다면 나의 사랑은 일만년으로 하고 싶다. 일만년이라, 길어야 백년을 사는 인간이 만년을 이야기하다니.

영화, 드라마, 노래, 연극 등 수많은 예술에서 영원한 사랑을 이야기하며 대중들의 감성과 공감대를 자극한다. 사랑이 변하지 않고 영원할 수 있기를 바라는 간절함, 그것은 현실 세계에서 그것이 그렇게 쉽지 않다는 반증일 것이고, 결코 아름답고 낭만적이지 만은 아니라는 것을 또한 말하는 것이기도 하다.

사랑은 아무 조건 없이 우연히 시작될 수 있는 것처럼, 언제든 별다른 이유 없이도 끝날 수 있다. 그리고 아무도 예상 못하게 변화무쌍하게 흘러갈 수도 있다. 그러니 이 대사는 이렇게 봐야 하지 않을까. 사랑이 언젠가 끝날 수 있다 하더라도 찬란하게 빛나던 시절만큼은 오래도록 기억하고 간직하고 싶다 라고.

4. 도파민과 엔돌핀

도파민과 엔돌핀, 우리도 익숙한 호르몬의 이름들이다. 여러 과학자들이 알려준 대로, 사람이 사랑에 빠지게 되면 이런 엔돌핀이 평소보다 더 많이 나온다는 정도는 이제 상식적으로 알고 있다. 이 외에도 아드레날린이나 옥시토신 같은 호르몬도 마찬가지다.

그렇다면 사랑이라는 이 감정도 뇌과학을 통해 어느 정도 그 매커니즘이 밝혀진 것이 아닌가 라고 생각해볼 수 있을 것이다. 예컨대 더 이상 이런 호르몬들이 나오지 않는다면, 그 사랑은 이제 끝난 거 아니냐는 반문을 해보는 것도 가능하지 않을까. 흠, 그 또한 어느 정도는 설득력이 있는 것 같다.

하지만 사랑이라는 건 그리 단순하게 정의되고 파악되는 감정은 아닌 것 같다. 다시 말해 과학으로 사랑의 복잡미묘한 감정의 실체를 다 들여다 볼 수는 없다는 말이다. 자, 만약 사랑이 그리 단순 명쾌하다면, 실연의 고통에 몸부림치는 이에게 호르몬 보충을 하면 즉각 고통이 덜어질 것이다. 하지만 어디 그런가. 그게 가능하다면 진작에 사랑을 시작하게 하고 또 끝낼 수도 있는 사랑의 묘약이 나왔을 것이다.

정리하자면, 사랑은 그런 과학적이거나 통계적인 결과에 들어오지 않는 예가 수두룩하다. 그러니 사랑이란 감정은 결코 한 손에 잡히지 않는 다양성과 엄청난 파워를 가지고 있는 것이다.

5.   사랑의 호르몬 페로몬

호르몬 이야기를 한 김에 하나만 더 해보자. 도파민이나 아드레날린도 유명하지만, 일명 사랑의 호르몬이라 불리며 많은 관심을 받는 호르몬이 바로 이 페로몬이다. 페로몬은 곤충인 나방의 사례에서 발견된 호르몬으로, 서로에게 의사소통을 하는 기능을 한다고 알려져 있다. 주로 곤충들간에 사용되는 것으로, 인간에게 확인된 바는 없다. 그럼에도 이성을 끌어들이는 신비한 기능을 하는 물질로 알려져 향수로 만들어지기하는 등 많은 관심과 화제를 낳고 있다. 하지만 딱 거기까지다. 누차 말하지만 페로몬 향수 등의 효과는 과학적으로 입증된 바 없는, 일종의 마케팅이라고 보는 것이 타당하다.

그나마 좀 입증된 것은 남성의 땀과 그 냄새가 여성들의 호르몬 분비에 일정한 영향을 끼친다는 점, 또는

배란기 여성의 체취가 남성에게 영향을 준다는 정도이
다. 어쨌든 체취, 즉 냄새로 인한 후각적 자극은 사람
들의 정서와 감정에 분명 영향을 준다. 그런데 이때도
냄새가 어떤 즉각적인 흥분이나 연애 감정을 끌어올린
다기 보다는 심리적, 정서적인 부분에 일정한 영향을
주는 정도라고 이해하는 게 보다 맞는 것 같다. 가령
어떤 음식 냄새, 특정 공간의 냄새 등은 즉 안정감이나
그리움 같은 정서, 좋았던 시절에 대한 추억 등을 환기
시킬 수 있을 것이다. 아마도 그 정도일 것이다.

6.   초식남, 건어물녀

　언젠가부터 사용되는 신조어 중에 초식남과 건어물녀가 있다. 이 두 단어에는 공통점이 있다. 우리가 지금 얘기하는 사랑과도 연관이 있다. 바로 초식남과 건어물녀는 사랑에 별 관심이 없는 청춘들을 지칭하는 용어이기 때문이다. 자신의 취미활동이나 자신을 꾸미고 가꾸는 데는 열심인데 연애에는 소극적이고, 일에는 열심이지만 이성을 만나는 것은 귀찮게 여기고 쉬는 걸 더 좋아하는 사람들이라, 흠. 그것도 피끓는 청춘인데.

　왜 이런 현상이 생겨나는 것일까. 한창 좋을 청춘 시절, 사랑이 전부일 것만 같은 그 시절에 초식남이 왠 말이며 건어물녀란 또 무엇이란 말인가. 여기서 우리는 사랑이라는 이 순정한 감정 또한 사회의 추세에 큰 영향을 받는다는 사실을 쓸쓸하게 확인하게 된다. 대략 이런 분석이 가능할 것 같다. 살기 어려운 세상, 일찍부터 경쟁에 내몰려 너 죽고 나 살자라는 식으로 학창 시절을 보내고 또 취업 문제에 모든 걸 걸어야 하는 세상, 취업해서도 끊임없이 경쟁해야 하는 피곤한 사회, 이런 각박한 세상에서 연애가 제대로 피어오르기 힘든 것이다. 또한 예전과 다르게 남녀의 역할 구분도 모호해지니 남성성보다는 여성성이 부각되기도 하고, 소위 알파걸처럼 직장에서의 성공과 명예를 추구하는 여성들이 늘어나면서 전통적인 연애 구조가 깨지는 상황도 그 이유로 들수 있을 것 같다.

사랑이, 연애가 어려운 세상이라니, 이런 사회는 결코 건강한 사회라고 볼 수 없다. 다시 한번 거국적으로 외쳐야 할 것 같다. 우리 사랑하게 해주세요!

7. 사랑은 움직이는 거야, 변심

날 기억하는 걸 잊지 말아요

또한 그 뜨거웠던 사랑도요

난 아직 그대를 기억하고 사랑합니다

내 가슴 속에는 하늘의 별을 이야기하던

그 추억이 남아 있어요

내 사랑, 나를 잊지 말아요

- 비지스 〈돈 포겟 투 리멤버〉

예전에 한 광고 카피가 화제가 된 적이 있다. "사랑은 움직이는 거야", 지금은 뭐 아무렇지 않게 들리는 말인데, 그 시절엔 꽤나 도발적으로 보였던 광고였다. 말하자면 자유로운 연애를 추구하는 신세대의 쿨한 연애관을 담고 있기도 하면서 동시에 기성 세대 입장에서 보자면 그것이 한없이 가벼운 젊은이들의 세태라고 보여 혀를 차기도 했을 것 같다.

자, 이 변심이란 것에 대해 좀 말해보자. 그것이 뭐였든 처음 가졌던 감정이 변한다는 것은 좀 슬프기도 하고 미안하기도 한 일이다. 하물며 그것이 사랑이라면 더더욱 그러할 것이다. 변심이라, 그것을 당하는 상대는 모든 것이 반짝이며 들떠있던 감정이 한순간에 추락하는 암담한 경험을 하게 될 것이다.

물론 조금 더 거시적으로 본다면, 마음을 바꾸는 것이 꼭 나쁜 것만은 아니다. 오히려 불확실함, 불안에서 마음을 바꿔 좀 더 발전적인 방향으로 나아갈 수도 있는 것 아닌가. 그리하여 단순히 변하다, 바꾼다는 것에만 방점을 찍지 말고 그로 인해 발전을 얘기할 수도 있을 것이다.

하지만, 그럼에도 불구하고 이 사랑이라는 감정, 많은 이들이 영원불멸을 추구하고 순수와 순정이 중시되는 이 감정에서는 '변심'이라는 단어가 그리 좋게 다가오지 않는 것이 엄연한 사실이다.

8.　실락원

　일본 영화 중에 〈실락원〉이라는 영화가 있다. 제목이 주는 인상도 강했고, 영화를 본 감상도 강렬했다. 일단 낙원을 잃어버렸다는 제목은 어느 정도 상징적인 면도 있는 것 같다. 가령 태초의 아담과 이브 같은.

　스토리 전개상 노출신과 그 정도가 상당했다. 두 사람의 관계를 과연 어떻게 볼 것인가, 당혹스럽기도 하고 일견 이해할 수 있다는 생각도 물론 들었다. 당연히 호불호가 있을 것이다. 말도 안된다, 있어서는 안되는 상황이다고 단정하는 이도 있을 것이고, 충분히 그럴 수 있는 감정이요 관계라고 말하는 이도 분명 있을 것이다.

　다 떠나서 그들의 마지막 행위를 어떻게 볼 것인가 하는 문제가 계속 마음에 남는다. 그들은 단지 세간의 비난과 시선이 두려워 그런 선택을 한 건 아닐 것이다.

어디 먼 곳으로 떠나 둘만을 생각하며 오순도순 살수
도 있었을 것이다. 그럼에도 죽음을 택한 것은 왜일까.
그보다도 순도 높은 자신들의 사랑이 흔들리거나 오염
되는 것을 두려워해 그런 극단적인 선택을 했는지도
모르겠다. 아, 사랑이란 정말 무엇이란 말인가. 〈실락
원〉은 사랑에 대해 정면으로 질문을 던지는 영화인지
도 모르겠다.

9.　치정

　강력 사건이 터졌을 때, 형사들이 가장 먼저 조사하는 것이 금전 관계와 치정癡情 관계다. 그만큼 강력한 감정이 바로 치정이다. 치정이란 사랑과 증오가 뒤섞인 복잡한 감정이다. 다시 말해 사랑과 치정은 종이 한 장 차이라고도 할 수 있다. 자, 두 사람의 감정의 무게가 서로 다른 경우, 그것도 아주 크게 나는 경우, 종종 그것은 치정으로 이어지고 서로에게 씻을 수 없는 상처를 남기기도 한다.

　치정은 얼핏 사랑의 한 형태로 보이기 쉽다. 하지만 건강한 사랑과는 차이가 있다. 치정은 주로 불안정한 애착에서 비롯되는 경우가 많다. 그래서 자존감이 낮거나 외로움을 많이 느끼는 사람이 치정에 빠지기 쉽고, 가령 어릴 때의 정신적 상처나 관계에서 기인하는 경우도 많다. 그리하여 상대에 대한 강한 집착이나 지나친 소유욕이 동반되는 경우도 많으니, 상대에게 큰 고통을 주기도 하는 감정이 바로 이 치정이다. 이런 감정으로는 결코 진정한 사랑에 이를 수 없다.

그러므로 치정을 막기 위해서는 상대와의 소통이 원활하게 잘 되어야 할 것이고, 자신의 감정을 잘 파악하고 다스리는 것이 중요하다. 상대의 감정을 존중하고 이해할 수 있는 성숙함이 따라야 함은 물론이다.

10.　소유욕

　사랑, 혹은 우정에서 상대에 대해 어느 정도 독점하려 하는 심리는 이해되지만 그게 지나쳐 피해가 생기는 경우가 종종 있다. 그래서 상대의 말과 행동에 너무 과민하게 반응하거나 더 나아가 상대의 행동 등을 통제하려 드는 사람들이 있다. 즉 상대를 마치 나의 소유물처럼 여기는 심리가 있는 것이다. 이러면 정말 곤란하다. 이래서는 결코 건전한 관계를 만들어나갈 수 없다. 결국엔 상처와 후회만 남을 뿐이다.

　대체로 이런 경향을 보이는 이들은 의존적인 성향이 큰 사람으로, 누군가와의 애착을 통해서 자신의 결핍을 채우려 든다. 그래서 상대의 감정과 행동에 과도하게 반응하는 것이고, 상대의 자유와 독립성을 제대로 인정하지 않고 자신의 소유물로 여기려 든다. 그리고 그것이 충족되지 않으면 실망하고 좌절하게 되고 불안함을 느끼고 예민해지게 된다.

그쯤에서 포기하거나 단념하면 좋은데, 끊임없이 파고들며 집착하는 경우가 많다. 결국엔 상대뿐 아니라 주변 사람들까지 지치고 피곤하게 만든다. 극단적인 경우엔 관계가 파국으로 끝나는 경우도 왕왕 있다.

사랑이든 우정이든, 혹은 더 넓게 모든 인간관계는 소유의 개념으로 봐서는 안된다. 각각의 독립된 인격체로 인정하고 상대를 존중할 줄 알아야 한다. 그래야 건강하고 단단한 사랑을 할 수 있는 것이다.

11. 상실감

펄펄 나는 저 꾀꼬리

암수 서로 정답구나

외로울새 이내 몸은

뉘와 함께 돌아갈고

- 고려 유리왕 〈황조가〉

한국인이라면 교과서에서 접했을, 누구나 아는 시다. 고구려의 유리왕이 지었다는 〈황조가〉다. 이 시를 읽으면 어떤 감정이 드는가. 가장 먼저 화자의 상실감, 고독, 외로움이 짙게 느껴진다.

자, 상실감이란 일차적으로 소중한 누군가를 잃었을 때 느끼는 감정일 것이다. 사랑하는 사람, 가족, 친구 등을 떠나보냈을 때, 어쩔 수 없이 이별을 했을 때, 당연히 그런 상실감을 느낄 것이다.

그뿐만이 아니다. 그 외에도 사랑받고 싶은 마음이 제대로 충족되지 않거나, 나의 진심이 잘 전달되지 않고 가볍게 취급될 때에도 상실감을 크게 느낄 수 있다. 다시 말해 누군가에 대한 내 감정과 진심이 장난처럼 취급되거나 무시될 때 깊은 상실감을 느끼고 상처로 남을 수 있다는 말이다. 그러니 이런 상실감 역시 누군가와의 사랑을 꽃피우는 것을 힘들게 만드는 요소가 되는 것이다. 상실감을 잘 극복하고 멋진 사랑으로 잘 승화시킬 수 있으면 참 좋으련만, 그 또한 그리 말처럼 쉬운 건 아니다.

12.　권태

　　권태는 욕망의 결핍이 아니라

　　욕망의 과잉에서 생긴다

- 샤를 보들레르

　뜨겁던 사랑을 식게 만드는 대표적인 감정 중 하나가 권태감이다. 어쩌면 시간이 흐르면서 자연히 생겨나는 것이 또한 권태일지 모른다. 제 아무리 대단하고 열정적인 사랑이었다 하더라도 시간이 켜켜이 흐르면, 권태라는 반갑지 않은 손님이 찾아오게 되어있다고 할까.

　권태는 누구의 잘못도 아니다. 권태는 역설적으로 누군가를 뜨겁게 갈망했던 것에 대한 성실한 흔적이요, 상대적 반응이라고 볼 수 있다. 그러니 권태를 느껐다고 해서 그것이 관계의 끝이라고 볼 필요는 없는 것이다. 이를테면 이제 휴식이 좀 필요하고 변화를 좀 원한다는 신호일 수도 있는 것이다.

세상 모든 일이 그렇듯, 권태를 잘 극복하기 위해서는 물론 노력이 필요할 터이다. 자, 권태가 생기는 생리학적 원인이 반복, 자극 저하 등이라면 그에 발맞추어 환경을 좀 바꾸고 새로운 활동 등을 더한다면 긍정적으로 변화할 수 있는 계기를 마련할 수 있을 것이다. 함께 새로운 취미를 시작한다던가 여행을 떠나는 것도 좋은 방법이 될 수 있을 것이다.

13. 질투

넌 대체 누굴 보고 있는거야

내가 지금 여기 눈앞에 서 있는데

날 너무 기다리게 만들지만

웃고 있을거라 생각하지마

- 유승범 <질투>

사랑을 잘 확인할 수 있는 감정이자, 또 자주 사랑을 흩트리고 꺼뜨리는 대표적인 감정 중 하나가 바로 질투다. 즉 상대를 사랑하는 정도가 강할수록 이 질투의 감정도 커지고 잦아질 수 있다는 건 상식적으로 알 수 있다. 내가 사랑하는 상대가 다른 이성과 다정한 모습을 연출할 때 질투의 감정은 치솟을 것이다. 그러므로 이 질투는 소유욕, 스토킹, 의처증 등의 부정적 감정과 종이 한 장 차이이기도 하다. 자칫 위험해질 수도 있는 감정이다.

그런데 이 질투의 감정은 사실 나와 상대의 관계에 확신이 있다면 크게 문제될 게 없다. 또한 그런 불필요한 오해가 없도록 서로 배려하고 이해한다면 둘의 관계는 오래오래 건강하고 튼튼할 수 있는 것이다.

문제는 우리 모두가 늘 그렇게 이성적이고 성숙하기가 쉽지 않다는 점이다. 특히나 연애 초기 단계나 아직 상대에 대한 확신이 명확하지 않을 때 질투를 경험하게 되었을 때 흥분하기 쉽고 심하게는 이성을 잃어버리는 경우도 많다. 더 극단적으로는 앞서도 언급했듯이 집착, 스토킹으로 이어져 불미스럽거나 심각한 결과를 초래할 수도 있다.

14. 엎질러진 물은
다시 주워 담을 수 없다

"覆水不返盆" 중국의 강태공이 한 유명한 말이다. 많은 연인들이 헤어지고 난 뒤 상대를 잊지 못하고 다시 만나길 바라는 경우가 많다. 사실 후회, 미련은 누구라도 느낄 수 있는 감정이고 자연스러운 과정일 수 있다. 하지만 영 잊지 못해 다시 만나기를 갈망하는 경우가 있다. 실제로 다시 만나게 되는 경우도 많을 것이다. 하지만, 대개의 경우 관계가 잘 지속되지 않는다. 그럴 때 흔히 하는 말이 있다. 한번 엎질러진 물은 다시 주워 담을 수 없다. 물론 사랑뿐 아니라 좀 더 폭넓게 인간관계에 대해 말하고 있는 것이기도 할 것이다.

노력하면 되지 않나, 반문할 수 있을 것이다. 오케이, 다시는 반복되는 실수를 하지 않겠다며 각별히 조심하고 노력할 수 있겠지만, 우리 인간은 늘 불완전한 존재일지니 비슷한 상황이 또 연출되기 쉽다. 그러니 재

결합은 비유컨대 깨진 그릇을 이어 붙이는 것과 비슷
한 것 같다. 조심한다고 해도, 노력한다고 해도 예전보
다도 더 쉽게 깨져버리는 그릇 같은 어떤 것. 그렇다면
최선은 무엇일까. 간단하다. 지난 건 그냥 지난대로 흘
려보내는 것이다.

15. 무관심

이미 돌아선 님이라면 미워도 미워 말아요

이미 약속된 이별인데 아무말 하지 말아요

눈물을 감춰요 눈물을 아껴요

이별보다 더 아픈 게 외로움인데

무시로 무시로 그리울 때 그때 울어요

- 나훈아 <무시로>

사랑의 반대말은 무엇일까? 이별?, 미움? 음, 그것
도 답이 될 수 있겠지만, 의외로 사랑의 반대말은 무관
심이란 말이 있다. 네가 뭐를 하던 관심이 없고 개의치
않는다니. 관심이 조금이라도 있다면 화를 내던 뭐라
도 하지만 아무 감정도, 반응도 없다는 말 아닌가.
　무관심, 이것 참 무서운 말이고 차가운 말이다. 한

때 뜨겁게 사랑했던 사람이 이제 나에게 무관심하다면. 자, 그 상황에 대해 좀 더 자세히 들여다 볼 필요가 있다. 사랑해서 연인이 되고, 부부가 되었다면, 아무리 시간이 지나고 안 좋은 상황에 처했다 해도 상대에게 무관심할 수는 없다. 무관심이라기보다 익숙함이 아닐까. 감정이 변했다기보다 표현이 달라진 것일 수 있다. 표현이 다르다고, 내가 기대하는 표현이 아니라고 해서 사랑이 사라진 건 결코 아니다. 다만 그로 인한 마음의 온도는 다를 수 있을 것이다.

그럼 어떻게 해야 하나. 당연히 노력해야 한다. 마음의 거리를 좁히려는 노력, 예컨대 상대의 말에 좀 더 귀를 기울이고 같이 공감하려 노력하는 것이 필요하다. 말로, 행동으로 자주 표현하는 게 또한 중요하다. 스마트폰을 끄고 의자를 끌어당겨 상대의 눈을 바라보는 것에서부터 시작하자.

16. 자존심

자존심과 사랑, 어떤 상관관계가 있을까, 사랑하면 자존심 같은 거 다 내려놓고 상대를 배려하고 맞춰주는 게 당연하지 않나. 하지만, 그렇지 않은 사람도 있다. 곧 죽어도 내 자존심이 더 중요한 스타일이 분명히 있는 것 같다. 헤어지는 한이 있어도 내 자존심에 스크래치 나는 건 절대 용납할 수 없다는 식이다. 그런데, 그렇다면 그게 진정한 사랑일까?

어떤 면에서 보면 그건 비겁한 사랑이다. 사랑이 깊어질수록 더욱 차갑고 단단한 갑옷을 끼어 입는 사람, 내가 상대를 사랑한다는 걸 들키는게 두려워 애써 냉정함을 유지하는 사람, 행여라도 내가 상처를 받을까봐 미리 짐짓 대비하는 사람, 에라, 그게 무슨 사랑인가.

사랑은 자존심을 내려놓게 하는 힘이 있다. 본질적

으로 상대를 위하는 희생이 바탕에 깔려있는 감정이
다. 그러니 결과를 미리 예단하여 대비할 필요도, 지레
겁먹거나 상처받을까 불안해할 필요가 없다. 과감하게
밀고 나갈지어다. 자존심은 벗어던지고. 자존심만을
생각한다면 안 그래도 어려운 사랑 제대로 할래야 할
수가 없을 것이다.

17.　배신감

　배신감, 살면서 배신감 한번 느껴보지 않은 사람은 없을 것이다. 학창 시절 친구들 간에서, 직장에서, 그리고 사랑에서 배신감에 치를 떨거나 눈물 흘려본 경험, 한두 번 쯤 있으리라.

　자 어떤 관계보다 순수하고 진실해야 할 사랑, 그러나 많은 이들이 배신을 당해 눈물을 흘린다. 그렇게 아끼고 믿고 또 믿었건만 마치 등 뒤에 칼을 꽂듯 잔인하게 배신을 당하는 경우가 있다. 물론 배신을 한 자는 배신이 아니라고 말할 수도 있을 것이다. 분명 그럴만한 이유가 있다고, 어쩔 수 없다고 할 수 있다. 어쨌든 배신감이란 당한 자가 느끼는 감정이다.

　사랑에서 예상 못한 배신을 당해 눈물짓는 경우도 많겠지만, 그와는 다르게 사랑을 하는 상황에서 배신감을 느껴 관계를 끝내는 경우도 있을 것이다. 이제 더 이상 이 사람과는 사랑을 할 수 없다, 관계를 이어나갈 수 없다고 여겨 이별을 선택할 수도 있는 것이다. 어떤 상황이 되었든 배신감이란 굉장히 강렬한 감정이고, 사랑이 크면 클수록 그 배신감도 비례해서 클 것이다. 이어지는 분노와 슬픔의 감정도 장난 아닐 것이다. 사랑이든 일이든, 우정이든 신뢰와 의리는 무척 중요한 것이다. 그걸 져버려서는 안 되고, 설령 그런 의도가 아니었대도 상대에게 그런 배신감을 느끼게 해서는 안 된다. 오해가 있으면 적극적으로 풀어야 하고, 끝까지 신의는 지켜야 할 것이다.

18. 그리고 이별

이렇게 우리 헤어져야 하는 걸

서로가 말은 못하고

마지막 찻잔 속에

서로의 향기가 되어

진한 추억을 남기고 파

- 이문세, 고은희 <이별 이야기>

자, 그리고 이제 이별이다. 뜨겁게 사랑하고 상대를 위해 헌신하고 노력하고 또 노력했음에도 이별이 찾아온 것이다. 맞이하고 싶지 않은 순간인데, 기어코 이 이별이란 놈이 찾아온 것이다. 막아보려 애썼지만 결국엔. 슬프고 괴롭고 내 자신이 원망스럽고 상대가 죽도록 밉다. 아, 이제 어찌할 것인가.

이별을 하는 수만 가지 이유

왜, 라는 질문에 매몰되지 말자. 누군가를 좋아하는 데 딱히 이유가 없듯이, 이별도 얼마든지 그럴 수 있는 것이다. 아무리 내가 조심하고 희생하며 노력했어도 이별은 별 이유 없이, 갑자기 찾아올 수 있는 것이다. 그러니 그 이유를 찾으려, 또는 어떻게든 되돌려 보려 너무 애쓰지 말자. 아프면 아픈 대로, 억울하면 억울한 대로 담담히 받아들이려 노력해보자. 물론 그게 말처럼 안된다는 거 잘 알고 있고 고통스럽다는 것도 알고 있다. 그리고 결국엔 극복이 된다는 것도 잘 알고 있다.

애도의 시간이 필요하다

충분히 슬퍼하고 아파할 시간이 필요하다. 괜히 바로 또 새로운 사랑을 찾겠다며 발버둥 쳐 봐야 제대로 될 리 만무하다. 나는 괜찮다, 금방 털어버리겠다고 무

리할 필요도 없다. 밥 하나를 할 때도 뜸 들이는 기다
림의 시간이 필요하다. 하물며 사랑이 끝나고 실연을
한 거라면 말해 무엇하랴. 시간이 절대적으로 필요하
다. 정도의 차이는 있을 것이고 사람마다 차이는 분명
있겠지만, 확언하건대 차차 좋아질 것이다. 분명히 극
복될 것이다. 그러니 충분히 시간을 가지고 충분히 애
도하라.

4부

/

보론

1. 기독교의 사랑

내가 살아가는 동안에

할 일이 또 하나 있지

바람 부는 벌판에 서 있어도

나는 외롭지 않아

아아 영원히 변치 않을

우리들의 사랑으로

어두운 곳에 손을 내밀어

밝혀 주리라

- 해바라기 〈사랑으로〉

네 이웃을 내 몸같이 사랑하라

주지하듯 기독교의 핵심 가치는 사랑이다. 바꿔말해

기독교는 사랑의 종교다. 기독교에서 말하는 사랑은 단순한 어떤 감정이 아니라 희생과 헌신, 이웃에 대한 조건 없는 배려와 관심을 포괄한다. 또한 당연한 이야기지만 여기서의 사랑이란 이성이나 가족, 친구에 국한되는 사랑이 아니라, 모든 사람에게 해당하는 종교적 차원의 사랑이다.

"네 이웃을 네 몸같이 사랑하라"는 예수의 말씀은 인간에 대한 조건 없는 사랑과 희생, 헌신을 강조하는 말이다. 용서 또한 기독교 사랑의 핵심 중 하나다. 예수 그리스도의 십자가 희생은 죄를 용서하고 새로운 삶을 선물하는 예수의 사랑이 가장 잘 드러나는 예이다.

원수를 사랑하라

기독교에서는 이웃을 내 몸처럼 사랑하라는 기존의 율법을 넘어 원수까지도 사랑하고 용서하라는 말이 나온다. 굉장히 인상적인 구절인데, 그게 어디 말처럼 쉬우랴, 인간으로서는 심히 어려운 일일 것이다. 원수를 사랑하라는 기독교적 가르침은 그러므로 용서와 자기 희생을 바탕으로 하나님의 온전함을 닮아가라는 말과도 같은 것이다.

요컨대 기독교의 사랑은 신앙 공동체의 실천과 윤리의 핵심 가치다. 그것은 서로 사랑하고 배려하는 삶의 동기가 되는 것이다. 또한 그 사랑은 좀 더 나은 세상을 만들기 위한 용기와 희망을 선사한다. 이처럼 기독교에서 말하는 사랑은 희생과 헌신, 타인에 대한 깊은 배려와 관심을 바탕으로 한 실천적 덕목이다.

조건 없는 사랑, 실천하는 사랑

기독교에서 제시하는 사랑의 실천은 이웃을 조건 없이 돕고 정직하며 사회적 책임을 다하며 자기 자신도 건강하게 사랑하는 것을 가리킨다. 즉 단순한 도덕적 행위에 그치는 것이 아니라 이웃을 아끼고 사랑하라는 하나님의 가르침을 세상에 적극적으로 드러내는 삶의 방식이라고 할 수 있다.

박애 정신

　기독교의 사랑을 생각하면 자연스레 떠오르는 것이 이 박애博愛다. 박애란 말 그대로 모든 사람을 평등하게 사랑한다는 뜻이다. 앞서 이야기한 바와 같이 기독교에서 말하는 박애는 예수의 사랑과 자비를 실천하는 이웃 사랑의 실천이며, 나아가 사회적으로 연대하고 기여하는 태도를 포괄한다고 할 수 있다.

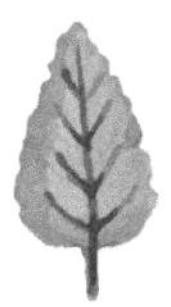

2.   묵자의 겸애

중국 춘추전국시대 유가와 함께 사단을 이끌며 많은 사랑을 받은 사상이 묵가墨家다. 묵가 사상의 핵심이 바로 겸애兼愛다. 겸애는 차별 없이 모든 이들을 똑같이 사랑하라는 말이다. 신분제가 엄격했던 고대 사회에서 묵자의 주장은 파격적인 것이었다. 자고 일어나면 나라가 없어지고 바뀌는 시대, 전쟁이 끊이지 않던 난세, 묵자는 자기 집단만을 사랑하는 감정은 전쟁과 착취를 정당화한다고 보았다. 수많은 전쟁이 그런 명분 아래에서 이루어졌으니 그를 두고 볼 수 없던 묵자는 모두를 사랑한다는 겸애를 내세운 것이다.

그런데 그것이 과연 현실적으로 가능한가? 물론 가장 가까운 이부터 사랑하고 점차 그 범위를 확대하는 것이 일견 자연스럽겠지만, 묵가 입장에서는 그보다 지금 당장 사회 전체의 피해를 최소화시키는 것이 무엇보다 중요했을 것이다. 그러므로 묵가가 내세우는 겸애는 단순히 세상 모두를 똑같이 사랑하라는 말이 아니라, 타인의 입장도 내 입장처럼 생각하라는 실천적 원칙이었다. 묵가 사상이 하층민을 대변하는 사상이었다는 점은, 그들이 가장 살기 어려운 사회적 약자였기 때문이었다.

묵자의 겸애는 한편에서 보면 실천 가능성이 떨어져 보일 수 있다. 인간의 실제적 감정을 무시한 건 아닌가 하는 의심도 들 수 있다. 하지만 철저히 약자에 편에 섰던 묵가 입장에서는 감정보다는 효용성을 더 고려할 수 밖에 없었고, 그렇게 본다면 묵가의 겸애는 더욱 더 절실하고 애틋하게 다가온다. 전쟁의 시대, 약육강식의 시대, 하층민의 입장에 서서 어떻게든 그 난세를 뚫고 나가려던 묵가의 마음이 묵직하게 다가오는 것이다.

3. 공자의 사랑

　동아시아 최고의 지성이자 유가의 비조로 추앙받는 공자는 사랑에 대해 어떻게 이야기하고 있을까. 그의 견해가 궁금하다. 자, 앞서 말한 묵가가 바라본 유가에 대해 먼저 좀 말해보자. 비교를 통하면 실체가 더 또렷이 보이기도 한 법이다. 묵가는 유가의 핵심 사상인 인仁이란 것이 신분 질서와 등급에 따라 사람을 차별해 사랑하라는 것에 불과하다고 강하게 비판했다. 자, 과연 그런 걸까.

　일단, 유가는 인간이 자연적으로 느끼는 감정의 층위를 인정했다. 그래서 가장 가까운 이들에게 더 애정을 느끼고, 그것을 점차 확장시키면서 사회적 책임을 진다는 것이 유가의 기본 전제다. 이것은 즉 감정의 흐름을 왜곡하지 않고 질서 있게 따르고 관리하겠다는 의미도 될 것이다. 부모에게 효를 다하고, 형제와 우의를 지키고 친구와 믿음을 나누며 군주에게는 충성을 다하겠다. 이어서 백성들에게 자비와 사랑을 베푸는 구조와 질서는 물 흐르듯 자연스럽다.

정리하자면 이렇다. 유가에서 지도자는 군자로서 백성들을 자식처럼 사랑하고, 백성들은 아랫사람으로 군주를 부모처럼 섬기는 것을 중시한다. 다시 말해 윗사람을 윗사람답게 사랑하라는 것은 충성과 존경으로 대한다는 것이고, 아랫사람을 아랫사람답게 사랑하라는 말은 위엄과 은혜로 대한다는 말이다. 그리고 바로 이러함을 두고 유가, 공자가 말하는 사랑은 별애, 즉 차별적 사랑이라는 말이 나오는 것일 테다. 분명 묵자의 겸애에 비한다면 차별적인 느낌이 드는 게 사실이지만, 차별적이란 표현보다는 차등적이란 표현이 좀 더 적절할 것 같다. 좀 더 보충하자면 공자의 사랑은 인간다움을 표현하는 것이고 도덕적이며, 일단은 나와 연관된 인간관계를 중심으로 형성된 사랑을 가리킨다. 그것을 더욱 확대하여 조화로운 세상, 사랑이 넘치는 세상을 만드는 것을 목적으로 하고 있는 것이다.

4. 불교의 사랑

불교에서는 사랑에 대하여 어떻게 바라보고 있을까.

먼저 인연因缘을 말할 수 있을 것이다. 즉 불교에서는 인연을 아주 중요하게 보는데, 이 인연이라는 것이 우연히 이루어지는 것이 아니라, 과거에 쌓은 업業에 의해 만들어낸 결과라고 말한다. 즉 전생에 지은 업과 인연이 쌓여 지금의 사랑으로 결실을 맺는 것, 그것이 불교에서 말하는 이상적이고 운명적인 사랑이다.

자, 그리고 불교에서 보는 이상적인 사랑은 동시에 집착이 없는 것이어야 한다. 사랑은 자유로워야 하고 상대를 구속하거나 억제하지 않아야 한다. 서로가 서로의 깨달음과 평화와 안정을 도울 수 있을 때, 그것이 진정한 사랑이라고 할 수 있는 것이다.

집착하지 않고 평온한 것, 불교에서 강조하는 사捨가 바로 그런 것이다. 상대의 자유를 인정하고 그가 떠나더라도 미워하지 않고 그의 행복을 빌어줄 수 있는 마음을 강조한다. 얼핏 역설적으로 느껴지기도 하지만 말하자면 이런 말이다. "상대를 놓아줄 수 있을 때, 비로소 진짜 사랑이 된다"

불교에서의 사랑과 인연은 또한 물 흐르듯 자연스럽다. 요컨대 인연이라면 언제라도 만날 것이며, 아니라면 아무리 막아도 떠날 것이라는 설명이다. 그러니 아무리 상대가 운명처럼 느껴진다고 해도 그 관계에 집착하며 고통을 주어서는 안된다는 것이다. 다시 말해 사랑이란 감정적인 부분에 머물거나 상대를 소유하고자 하는 욕망이 아니라, 자신과 상대를 모두 자유롭게 하는 자비의 상태인 것이다. 같은 맥락에서 불교에서 보는 운명적 사랑은 집착을 버리고 함께 성장하고 서로를 자유롭게 해주는 것이다. 그런 의미에서 보면 사랑이란 것은 부단한 노력이 필요한 수행의 과정인 것이다.

사랑은 감정을 넘어 수행이라는 가르침은 큰 울림으

로 다가온다. 모든 것이 빠르게 변하고, 가장 순수해야
할 사랑이라는 감정조차 인스턴트식 소비품처럼 빠르
게 소비해버리는 오늘날 우리에게 묵직하게 다가오는
것이다.

5.　모성애

동지섣달 긴긴밤이
짧기만 한 것은
근심으로 지새우는
어머님 마음
흰머리 잔주름이
늘어만 가시는데
한없이 이어지는
모정의 세월

- 한세일 <모정의 세월>

　사랑을 논하면서 모성애, 즉 어머니의 사랑을 빼놓을 수 없다. 세상에서 가장 강하고 위대한 존재가 어머니라고 하지 않던가. 모성애는 좁게는 자식에 대한 어머니의 사랑, 출산, 성장 중에 갖는 사랑을 지칭하며 본능적인 어떤 것이라고 말할 수 있을 것이다. 그러나 모성애는 결코 본능의 범주에만 머물지 않는다. 자식을 낳고 키우면서 형성된 애착 관계는 물론, 성장 과정을 지켜보며 쌓은 감정적 유대, 부모로서의 책임감과 정체성이 복합적으로 작용한다. 그렇기에 직접 경험해 보기 전에는 제대로 이해하기 어려운 감정이고, 또한 흥미로운 점은 모든 사람이 동일한 강도와 깊이의 모성애를 갖지는 않는다는 점이다.

진화론적인 측면에서 보면 모성애란 생존을 위한 필수적인 요소로 볼수 있을 것이다. 즉 자녀를 보호하고 양육하는 것은 종족의 생존을 위한 본능적인 행동이며 인간 외에도 많은 동물들이 헌신적으로 자식을 지키는 것 또한 이러한 진화적 배경에서 기인한 것이다.

모성애는 복잡한 감정이자 행동이며, 생물학적, 심리학적, 사회학적으로 다양한 요인에 의해 형성되는 것이다. 모성애는 아이의 정서적, 사회적 발달에 큰 영향을 끼치는데, 강한 모성애를 가진 엄마를 통해 아이는 정서적 안정감을 느끼고 자신감을 갖게 만든다. 그리고 아이의 사회적 역할, 대인 관계에도 긍정적인 영향을 준다. 반면 모성애가 부족한 경우나, 너무 과도한 경우에는 부정적인 영향을 끼치기도 한다. 즉 아이의 균형적인 성장을 방해할 수도 있고 자율성을 해칠 수도 있으며, 아이가 독립적으로, 자신감 있게 성장하는 걸 방해할 수도 있다.

모성애를 모티브로 삼은 수많은 문학작품과 예술품이 있을 만큼, 모성애가 우리에게 전해주는 감정의 크기와 깊이는 대단하다. 그 순도와 맹목성, 절대성은 어떤 사랑에도 뒤지지 않는다.

| 지은이 소개 |

이종철 (중문학자, 작가, 영화감독)

연세대 중문과 석사
중국 복단대 중문과 박사
현 연세대 중국연구원 교수
2014-2024년 연세대 우수강의상 4회 수상

<중국영화의 인식과 담론1, 2>, <중국영화의 거장들>, <15억의 노래>,
<상하이에서 온 여인> 등 저서 21권

2014년 세종도서 우수 교양 도서 선정

EBS <세계테마기행-복건성편>, MBC <문화사색>, <히스토리후> 등 출연
단편영화 <배회자>, <남과 여>, 장편영화 <청춘 소나타>, <도시의 방랑
장> 각본, 연출, 제작

도대체, 사랑이란 무엇인가

- 아주 흔하지만 결코 한 손에 잡히지 않는 사랑에 대한 전방위적 관찰

초판 인쇄 2026년 4월   1일
초판 발행 2026년 4월 10일

지 은 이 | 이종철
펴 낸 이 | 하운근
펴 낸 곳 | 學古房

주   소 | 경기도 고양시 덕양구 통일로 140 삼송테크노밸리 A동 B224
전   화 | (02)353-9908 편집부(02)356-9903
팩   스 | (02)6959-8234
홈페이지 | www.hakgobang.co.kr
전자우편 | www.hakgobang@naver.com
등록번호 | 제311-1994-000001호

ISBN 979-11-6995-723-6 03800

값 13,000원

파본은 교환해 드립니다.